Für meinen Bruder

remember,
when you tell those little white lies,
that the night
has a thousand eyes

BOBBY VEE

Es vergingen ungefähr drei Tage, ehe ich den Ernst der Lage wirklich begriff.

Am äußeren Waldrand sank der Herbstnebel langsam nieder und legte sich wie eine dünne, weiße Schicht über alles. Ich lief an dem Nachmittag mit einem Lied in meinen Kopfhörern nach Hause, einer rauen Stimme, die *carry only what you fear* sang. Um die Kälte loszuwerden, nahm ich ein Bad, und als ich fertig war, klingelte es an der Tür.

Er stand in einer Uniform auf unserer kleinen Steintreppe und sagte, er würde Viktor Franzén heißen. Ich mochte ihn nicht.

Er fragte, ob Mama zu Hause sei.

»Nein.«

»Weißt du, wo sie ist?«

»Nein.«

»Weißt du, wann sie nach Hause kommt?«

Ich sagte ein drittes Mal Nein, verschränkte die Arme vor der Brust.

»Wie alt bist du?«, fragte er.

»Wieso?«

»Kannst du die Frage beantworten?«

»Ich bin sechzehn. Worum geht es?«

»Um deinen Bruder Jakob.«

»Was ist mit ihm?«

»Wann hast du ihn zuletzt gesehen?«

»Kann mich nicht erinnern.«

Viktor Franzén sprach Småländisch, aber er kam nicht von hier, das konnte ich hören. Er hatte scharf geschnittene und schmale Augenbrauen, und wenn er sie hochzog, sahen sie wie ein fieses M aus. Jetzt holte er einen Block aus der Brusttasche der Uniform, auf der POLIZEIINSPEKTOR stand, und klickte mit einem Kugelschreiber.

»Du erinnerst dich nicht, wann du deinen Bruder das letzte Mal gesehen hast?«

»Nein.«

»Wie ich gehört habe, seid ihr ziemlich eng.«

»Wie haben Sie das gehört?«

Er seufzte.

Ich hatte nicht übel Lust, die Schrotflinte zu holen, doch die stand beim Küchenfenster, und wenn ich da hinging, würde Inspektor Franzén die Chance kriegen, in die Diele zu kommen, das wollte ich nicht.

»Wir wollen Jakob befragen.«

»Über was?«

»Darüber werde ich mit dir nicht sprechen. Kannst du nicht sagen, wo deine Mutter ist?«

Ich hatte die Arme immer noch verschränkt. Das war gut, denn sonst hätte er wahrscheinlich gesehen, wie meine Hände zitterten. Ich lehnte mich an den Türrahmen, wartete, dass er aufgeben würde, und als er es tat, holte er noch eine kleine Karte raus.

»Hier ist meine Telefonnummer. Sobald du von deiner Mutter oder von deinem Bruder hörst, sag ihnen, dass sie mich anrufen sollen. Es ist wichtig.«

Als Franzén die Steintreppe runter war, ging ich in die Küche und stand da. Ich sah ihm nach, wie er seinen blau-weißen Volvo wendete, wieder raus auf die Schotterstraße fuhr und zwischen den Bäumen verschwand. POLIZEI las ich auf der Motorhaube, auf der Seite und auf dem Kofferraum. Die Warnglocken läuteten und ich atmete schwer. Die Karte mit Franzéns Nummer warf ich weg.

Es wurde rasch dunkel, und um nicht daran zu denken, was Inspektor Franzéns Besuch bedeutete, spülte ich erst, und dann stopfte ich unsere alte Waschmaschine mit Kleidern voll. Ich saugte, wischte Staub und räumte Sachen in Schubladen und Regale.

Als ich fertig war, überprüfte ich, ob die Schrotflinte geladen war. Ich warf mir eine alte Fleecejacke über, ging raus, ließ mich auf der Steintreppe nieder und rauchte in der Kälte eine Zigarette.

Wenn man sich eine Karte von Varvet ansieht, erkennt man, dass zwischen den Häusern jeweils einige Hundert Meter oder ein Kilometer liegen, zumindest bei denen, die auf der Karte verzeichnet sind. Als hätte Gott eine Handvoll Häuser, Garagen, Scheunen, Ställe und Vorratsschuppen in seine mächtige Hand genommen und sie in einer seltsamen Ordnung kalt und einsam wie Schneeflocken auf die Erde niedersegeln lassen. Die Natur und der Wald sind von der alten Sorte, sie bringen einen selbst tagsüber dazu, sich auf den Straßen und Wegen zu halten. Die Sommer sind immer pulsierend heiß und im Herbst und im Winter ist die Luft feucht, rau.

Etwas entfernt hörte ich einen Vogel schreien, und

irgendwo in der Nähe summten träge Insekten, die bisher die Kälte noch überlebt hatten. Von der glimmenden Zigarette stieg Rauch auf, und ich saß da, dachte nach, und je mehr ich das tat, desto nervöser wurde ich.

Die Polizei suchte meinen Bruder. Außer meiner Mutter war er im Grunde genommen die einzige Verbindung zu irgendetwas von Bedeutung, die ich besaß, und ich wusste nicht, was ich tun sollte, wie ich klarkommen sollte, wenn sie ihn einkassieren würden.

Das Knurren eines Motors und das Knirschen von Reifen auf der Schotterstraße wurden lauter und kamen näher, bis Mamas blauer Ford auf die Auffahrt einbog und anhielt. Ich stand auf und ging rein, fest entschlossen, sie, wenn nötig, weiter anzulügen.

»Wie war's in der Schule?«

»Weiß nicht.«

»Warum nicht?«

»Weil ich nicht da war.«

»Und warum das jetzt? Es ist schließlich Montag.«

»Es sind Herbstferien.«

»Ah. Ach so. Stimmt.«

»Heute war ein Polizist hier«, entfuhr es mir. »Er hat nach dir gefragt.«

Sie stand mit einem Teebeutel in der Hand am Herd und wartete darauf, dass das Wasser im Topf kochte. Es dauerte immer unsäglich lange. Jetzt drehte sie sich um und lehnte sich an die Arbeitsfläche.

»Nach mir?«

»Ja. Viktor Franzén.«

»Was wollte er von mir?«

»Ich glaube, er wollte nach Jakob fragen. Ob du weißt, wo er ist.«

»Ich habe keine Ahnung. Hast du ihm das gesagt?«

»Ich hab gesagt, dass ich nicht weiß, wo Jakob ist.«

»Aber«, beharrte sie, »hast du gesagt, dass ich es auch nicht weiß?«

»Nein.«

Sie unterdrückte ein Seufzen, das konnte ich an ihren Schultern erkennen. Um die Herdplatte fing es an zu zischen, Mama warf den Teebeutel in den Topf und holte einen Becher aus dem Schrank.

»Tust du das nicht?«, fragte sie.

»Tu ich was nicht?«

»Weißt du nicht, wo Jakob ist?«

»Nein, aber ich nehme mal an, dass er nicht bei sich zu Hause ist«, sagte ich, »sonst wäre die Polizei wohl kaum hierhergekommen.«

»Nein. Nein, da hast du recht«, erwiderte sie und schien sich zu beruhigen, was mich erleichterte.

Vielleicht kam ich ums Lügen herum.

In einer Stunde würde Mama anfangen zu arbeiten. So war das nun schon eine ganze Weile: Sie arbeitete im Werfthaus, wo sie den fünf oder zehn Leuten, die an Wochentagen da waren, und den fünfundzwanzig oder dreißig, die am Wochenende hingingen, Bier und Schnaps servierte. Um ein Uhr machten sie zu, und dann blieb Mama noch dort und kippte mit den Stammgästen ein Glas oder zwei, manchmal auch mehr. Danach musste eine Stunde lang die Kasse gemacht, geputzt und alles für den nächsten Tag vorbereitet werden. Sie kam selten vor vier Uhr morgens nach Hause und schlief sehr oft bis nach Mittag.

Es war ein guter Job, aber in der Familie sagten wir trotzdem, sie hätte angefangen, für die Konkurrenz zu arbeiten, was in gewisser Weise auch stimmte.

Als der Tee fertig war, setzte sie sich mir gegenüber an den Küchentisch. Meine Mutter hat diese Sorte grüne Augen, die einen an Schmuck denken lassen. Die und die hohen Wangenknochen hatte ich von ihr geerbt. Ansonsten hatte ich Papas Haare, dick und schwarz wie Ruß, und sein schiefes Lächeln.

Jakob war neunzehn, drei Jahre älter als ich, und wir waren uns ähnlich, hatten dieselben Züge geerbt, doch während er über eins fünfundachtzig war, wurde ich niemals größer als eins sechzig, egal wie sehr ich mich streckte.

»Du hast gespült«, sagte Mama.

»Ja.«

»Hast du auch gesaugt?«

»Ja.«

»Gut.« Sie trank von dem Tee. »Du solltest mehr essen. Diese Brüste und der nette Hintern, den du da allmählich kriegst, werden wieder in sich zusammenfallen, wenn du nichts isst.«

Als sie kurz darauf im Ford davonfuhr, hatte sie sich ein hellgraues Flanellhemd angezogen, das sie unter der Brust zusammenknotete, und einen kurzen, schwarzen Rock. Ich schaute gern zu, wenn sie vorm Spiegel stand und sich zurechtmachte, wenn sie die langen, braunen Haare glatt strich oder aufschüttelte, wenn sie Strumpfhosen anzog, sich die Lippen malte und prüfte, ob die Kleider richtig saßen. Irgendwie wirkte das beruhigend.

Doch manchmal kontrollierte sie ihr Aussehen und ob auch der Rand der Unterhose nicht durch den Rock zu sehen war, und dann legte sie eine Hand auf ihren Hintern und die andere auf eine ihrer Brüste und drückte zu, lachte und sagte: »Die hier müssen gut zu sehen sein, denn die bezahlen unsere Rechnungen.«

Das ekelte mich an.

Der Ford fuhr die Schotterstraße entlang. Ich holte eine neue Zigarette raus, setzte mich wieder auf die Treppe, sah in die Dunkelheit hinaus und hoffte, dass sich Jakobs alter Volvo aus den Schatten herausschälen würde. Das tat er nicht, also saß ich da und dachte an meinen Bruder, fragte mich, wo er wohl war.

In Varvet erbt man alles: sein Haus, seine Art zu leben und seine Loyalitäten. Man hat die Vergangenheit im Blut, ob man will oder nicht.

Irgendwann einmal stritten zum Beispiel die Familien Fällgren und Adolfsson über ein Stück Land, für das es keine Papiere gab und das mitten zwischen ihren beiden Höfen lag. Es hatte damit angefangen, dass zwei von Fällgrens Knechten das Feld im Frühjahr abgeflämmt hatten, um es ertragreicher zu machen. Als dem Bauer Adolfsson der Rauch in die Nase gestiegen war, hatte er sich vom Vormittagskaffee erhoben, war mit der Schrotflinte in der Hand rausgerannt und hatte dem einen Knecht eine Portion Schrot in den Rücken geschossen. So hatte es angefangen: Fällgren hatte einen verletzten Knecht, der Krankenversorgung und Ruhe brauchte, und außerdem war das Ganze auf Fällgrens eigenem Grund und Boden geschehen. Adolfsson hatte ein verbranntes Feld, weil die Knechte schlechte Arbeit gemacht hatten. Die Fehde schlug Wurzeln und begann zu wachsen. Das war jetzt lange her, damals, als es den Höfen noch gut ging. Dann kamen die schweren Jahre, danach erholten sie sich nie wieder.

Andere Konflikte waren jünger, so wie zum Beispiel der

zwischen uns und der Familie Sten. Ich hatte erst kürzlich überhaupt kapiert, worum es dabei ging. Außerdem hatte ich nicht so viel gefragt, weil Fragen alles aufwühlen. Was ich wusste, war, dass Jakob angefangen hatte, ein bisschen für Onkel Dan zu arbeiten, der Schnapsbrenner ist. Um zu ihm zu kommen, muss man weit in den Wald hinein, und das schaffen nicht alle, weshalb er Bestellungen aufnimmt, die zu den Käufern ausgefahren werden.

Dan hatte sich mit ungefähr zwanzig aus Varvet wegbegeben und war als Arbeiter in einem der kleinen Häfen entlang der Küste gelandet. Dort hatte er so lange gearbeitet, bis das Schicksal ihn wieder nach Hause treiben wollte und dafür sorgte, dass ein Container umfiel und seinen linken Arm so schlimm zerquetschte, dass fast nichts mehr da war, was man hätte amputieren können. Ein einarmiger Hafenarbeiter ist noch schlechter als gar keiner. Er kostet mehr Geld, als er einbringt. Und so kam Dan schließlich wieder hierher und brachte was von dem mit, was er im Hafen gelernt hatte, und das war unter anderem, wie man seinen eigenen Schnaps brennt.

Schnaps aber war das Ding, womit der alte Frank Sten sein Brot verdiente, dessen Problem allerdings war, dass der Sprit, den er herstellte, nach Teer schmeckte. Mit besserem Schnaps und fiesen Tricks drängte Onkel Dan den alten Frank Sten aus dem Geschäft, der damit keine Beschäftigung mehr hatte und depressiv wurde. Er versuchte, zu bleiben, doch das ging nicht. Seine Frau Diana und ihr Sohn Tom wollten, dass er seinen Lebensunterhalt mit was anderem verdiente, aber Frank konnte nichts anderes, das behauptete er jedenfalls. Die Depression killte allmählich die Ehe, daraufhin verließ er Varvet. Diana und Tom blieben zurück.

Anfangs war Papa derjenige, der nebenher für Onkel Dan arbeitete und die Lieferfahrten übernahm. Als er abhaute, als er Mama, Jakob und mich verließ, war mein Bruder glücklicherweise alt genug, um den Job zu übernehmen.

Deshalb sagten wir im Scherz zu Mama, die ja unten im Werfthaus Schnaps verkaufte, dass sie jetzt für die Konkurrenz arbeiten würde. Aber im Grunde war sie dort ja eher unter Kollegen.

Im Sommer bin ich zum ersten Mal mit Jakob mitgefahren. Eines Abends, als Mama schon zur Arbeit gefahren war, kam er bei uns zu Hause vorbei und fragte, ob ich Lust hätte, zu helfen. Weil ich so direkt nichts vorhatte, sagte ich Ja.

Jakob hatte einen alten Volvo Kombi in der Farbe von frischer grüner Minze oder von den Korallenriffen, die man im Fernsehen sieht, und als ich mich in den Sitz sinken ließ, war es plötzlich, als könnte ich überall hinkommen. Als müsste ich nicht länger festgeklebt und eingefroren sitzen, während sich da draußen die große Welt unaufhörlich drehte.

»Was machen wir?«, fragte ich.

»Wir fahren einfach ein paar Sachen rum.«

»Was für Sachen?«

»Sachen halt. Hör auf zu fragen.«

»Du willst, dass ich mitkomme, aber weigerst dich zu sagen, was wir machen werden?«

»Von wollen kann keine Rede sein«, murmelte Jakob, legte den ersten Gang ein und stellte die Belüftung ein.

Da kapierte ich, was hier lief. Ich legte den Kopf an die Nackenstütze des Sitzes und schloss die Augen.

»Mama hat dich genötigt, mich mitzunehmen.«

»So in der Art.«

Wir fuhren den Schotterweg entlang. Ich hörte die Steine an den Unterboden prasseln und sog die Luft in tiefen Zügen durch die Nase ein, um den fetten Geruch der Natur zu spüren.

»Wir müssen am Nattflysjön ein Möbelstück abholen«, sagte Jakob schließlich. »Dan hat einen Bekannten, der vor einem Monat eine schöne, alte Kommode gefunden hat, und jetzt hat er die verkauft.«

Wir fuhren durch den Sommerabend. Erst habe ich hauptsächlich schweigend dagesessen, aber irgendwann haben wir angefangen, ein bisschen zu reden, und die Zeit verging schnell, bald standen wir vor einem der Häuser in der Nähe des Sees. Die Kommode, die wir holen sollten, war hinter einer Garage unter einer grünen Persenning versteckt und in eine dicke Decke eingewickelt. Sie war alt, aus Holz und viel zu schön, um nicht geklaut zu sein. Das war die Sorte Möbel, die man nur in seinen Träumen besaß.

Jakob klappte den Rücksitz im Auto herunter, und ich half ihm, die Kommode reinzuwuchten.

»Gut, dass du mit bist«, sagte er, als er den Wagen wieder startete. »Das hätte ich allein nicht geschafft. Verdammt, war die schwer.«

Wir fuhren weiter. Mittsommer war schon vorbei, aber bis zum Herbst war es noch fast ein ganzer Sommer. Zu wissen, dass wir etwas Verbotenes taten, erzeugte eine angenehme Nervosität ganz unten in meinem Bauch, und ich hätte nichts dagegen gehabt, wenn alles für immer so geblieben wäre.

Die Sommertage wurden zu Sommerwochen, die in Lethargie vorüberglitten, und ich fuhr weiter mit meinem Bruder herum. Beim dritten und vierten Mal, glaube ich, gefiel es Jakob, dass ich dabei war, denn da erklärte er mir, was er da machte, wie man es machen musste und was man zu wem sagen sollte – so, wie man einem Lehrling ein Handwerk erklärt.

Aber an jenem Abend war Jakob anders, das weiß ich noch.

»Was ist los?«, fragte ich.

»Der, zu dem wir heute müssen. Ich mag den nicht.«

»Wer ist es denn?«

»Du weißt doch, wer Lars Hellman in Krakasa ist, oder?«

Das wusste ich. Hellman war ein alter Knastbruder, der gerne wilderte. Seine Frau war ungefähr ein Jahr zuvor abgehauen, weil sie es leid war, jedes Wochenende verprügelt zu werden, und seitdem hatte er angefangen, viel zu viel zu trinken.

»Weil der sich weigert, zu Dan rauszufahren, muss ich hinfahren und ihm sein Zeug bringen. Er ist verrückt.« Jakob schaltete einen Gang hoch, was den Motor zum Ächzen brachte. »Ich bin ziemlich sicher, dass der kein Problem damit hätte, einen einfach abzuknallen. Für den gibt es keinen Unterschied zwischen einem Elch und einem Menschen.«

Krakasa war eine Gegend im unteren Teil von Varvet, die

früher einmal so voller Krähen gewesen war, dass sie ihren Namen davon gekriegt hatte, wie die krächzten. Keine Ahnung, wohin die Krähen jetzt verschwunden sind.

Wir kamen mit drei Spritkanistern im Kofferraum in Krakasa an, und als wir aus dem Auto stiegen, betrachtete mich Lars Hellman, wie man eine Barbiepuppe ansieht, bevor man ihr den Kopf abdreht. Das Haus, in dem er wohnte, hatte zwei Etagen, war grob zusammengezimmert, nicht gestrichen und hatte Sprossenfenster. Das Holz war verwittert, alt, und irgendetwas an dem Haus machte einem üble Laune. Ich musste an die ehemalige Frau von Hellman denken und dass das Haus vielleicht wie ein Gefängnis für sie gewesen war. Und wie befreit sie sich gefühlt haben musste, als sie es geschafft hatte, da wegzukommen.

Hellman war ein großer, grober Kerl in den Fünfzigern mit weißem, dichtem Bart. Er hatte eine Kappe auf dem Kopf und trug dunkelgrüne Jägerhosen, diese Sorte mit jeder Menge Taschen. Der mächtige Oberkörper wurde von einem Flanellhemd bedeckt, das über der Brust offen stand und ein Unterhemd herausschauen ließ, welches einmal weiß gewesen war, jetzt jedoch fast dieselbe schmutzige Farbe wie seine Haut angenommen hatte. Er bewegte sich klobig, aber selbstsicher wie ein Büffel und stank nach Alkohol. Direkt hinter ihm lehnte an einem Stein eine Schrotflinte, deren Lauf hart und kalt aussah.

»Ist die da geschwätzig?«, fragte er. »So eine, die antwortet, wenn man fragt?«

»Nein, das bin ich nicht.«

»Ich habe nicht mit dir geredet, Herzchen.«

»Nur die Ruhe«, sagte Jakob. Er nickte zu den Kanistern. »Hier sind die Sachen. Gib mir einfach das Geld.«

»Was für eine mickrige, kleine Trägerin du da hast«, fuhr Hellman fort und sah auf meine Arme.

»Vega sieht dünn aus«, sagte Jakob, versuchte zu lächeln und schlug mir auf die Schulter. »Aber sie ist nichts als Sehnen und Muskeln.«

»So, das sagst du also«, sagte Hellman, wand den Kopf und betrachtete eine Axt, die in ihrem Klotz festsaß. »Wenn ich sie also auf die Probe stellen würde, dann wärst du sicher, dass sie das schafft?«

Jakob hatte aufgehört zu lächeln und sah mich an.

»Komm«, sagte er leise und legte einen Arm um meine Schultern. »Wir hauen ab.«

»Jetzt hast du es aber eilig, mein Mädel. Als ich in deinem Alter war, hatte ich schon meinen ersten Elch geschossen und meinen Vater halb totgeprügelt. Aber ist ja klar«, fuhr Hellman fort und ließ eine Grimasse sehen, die, wie ich annahm, wahrscheinlich einem Lächeln ähneln sollte, »ich war ja auch keine kleine, hilflose Schlampe.«

Er sprach es *Schlambe* aus. »Ich bin schon öfters Schlampe genannt worden«, gab ich zurück, »aber noch nie von einem, der so alt ist, dass er keinen mehr hochkriegt.«

Hellmans Augen verengten sich.

»Was sagst du da?«

Jakob packte mich fest am Oberarm und wir gingen zum Auto zurück. In meiner Brust wuchs der Zorn. Hinter mir spuckte Lars Hellman auf den Boden.

Als der Morgen kam und wir immer noch nichts von meinem Bruder gehört hatten, trieb mich die Sorge aus dem Bett. Während ich mich anzog, hörte ich Mama auf der anderen Seite der Wand schnarchen. Es pochte zwischen meinen Schläfen, und ich brauchte einen Kaffee, doch ich wagte nicht, mir einen zu kochen. Das Geräusch oder der Geruch hätten sie aufgeweckt.

Ich hätte etwas essen sollen, aber spürte keinen Hunger, also zog ich die Stiefel und die dicke Herbstjacke an und hängte mir meine Tasche über die Schulter. In der lagen Kopfhörer, mein Tabak, ein Messer und ein Pullover, bei dessen Anblick mir regelmäßig übel wurde.

Wenn ich es nur geschafft hätte, das Fahrrad zu reparieren, das im Sommer kaputtgegangen war. Der Tag würde kalt werden, und hier draußen reicht Laufen nicht aus, um die Kälte abzuschütteln.

Ich ging Richtung Gartenkolonie, denn da wohnte Jakob, und irgendwo musste ich ja anfangen. Man lief eine knappe Stunde dorthin, wenn man sich auf Wegen und Waldpfaden hielt.

Es war leichter, zu zählen, wie oft Jakob und Mama sich einig waren, als wie oft sie stritten. So war es schon, seit ich denken konnte, und im Frühjahr war Jakob nach einem besonders lauten Streit ausgezogen. Wohin genau er gegangen war und wo er die ersten Nächte verbracht hatte, wusste ich nicht. Danach hatte er auf jeden Fall eine Weile bei Onkel Dan gewohnt, bis er irgendwie in der Kolonie gelandet war, wo er seither wohnte.

Die Kolonie lag in einem kleinen Tal am nordwestlichen Rand des Waldes, geschützt von dicht zusammenstehenden Bäumen und verborgen von hohem Gras. Das machte es unmöglich, sie zu finden, wenn man nicht genau wusste, wo man suchen musste.

Als ich nervös wurde, zündete ich mir eine Zigarette an.

Ich folgte erst dem Schotterweg von unserem Haus weg, am Waldrand entlang, dann bog ich auf einen Pfad ein, der eines der Felder wie eine schmale Schneise durchschnitt. Das Gras stand hoch, und die Halme wurden zu Wänden und streckten ihre Spitzen nach mir aus, als wollten sie mich berühren. Der Morgen dehnte sich, aber die Sonne zeigte sich nicht, stattdessen war der Himmel weiß wie Milch und weit bis zu den Wolken. In der schmalen Passage fühlte ich mich unsichtbar und bald ließ die Nervosität ein wenig nach.

Wenn man über die Kuppe des Feldes kam und der Abhang begann, konnte man die alten Wohnwagen sehen. Manche waren größer mit vier Rädern, andere kleiner und hatten nur zwei, einige waren verblichener und vergammelter, doch alle waren sie mit alten Reifen, Holzböcken und Tonnen hie und da gestützt, damit sie stabil standen. Neben einigen, deren Bewohner mehr vom Glück gesegnet waren, standen alte Volvos und Opel.

Hier war das Gras gemäht, und zwischen drei von den Wohnwagen lagen die Reste von etwas, was einmal ein Grillplatz gewesen war. Das war der einzige Hinweis darauf, dass die Bewohner der Kolonie jemals etwas gemeinsam unternahmen. Hier landete man, weil keiner was von einem wissen wollte und man keinen besseren Ort zum Leben hatte oder weil man sich zu sehr schämte, als dass man mit anderen zusammen sein wollte.

Durchs Gras verliefen Drähte und Kabel von einem Stromaggregat, das in der einen Ecke der Kolonie stand. Neben dem Aggregat war ein hoher Pfosten eingeschlagen und von dem ringelte sich ein dickeres Kabel direkt in den Wald hinein. Die Kolonie hatte sich in das allgemeine Stromnetz eingehackt.

Ich ging langsam zu Jakobs Wohnwagen, der mindestens zwanzig Jahre älter war als ich und klein. Jakob musste sich immer bücken, wenn er rein- und rauswollte, und drinnen konnte er sich kaum aufrecht hinstellen. Vor die Tür hatte jemand, vielleicht Jakob selbst, eine einfache Treppe gebaut.

Die Tür war verschlossen, also klopfte ich und wartete. Als nichts geschah, stieg ich von der Treppe, stellte sie vor eines der kleinen Fenster, kletterte darauf und versuchte, in den Wagen hineinzuschauen.

Auch wenn ich schon ahnte, dass es nicht so sein würde, wünschte ich mir doch, dass er nur auf dem Fußboden eingeschlafen wäre, dass mein Klopfen ihn wecken würde und dass ich bald auf der anderen Seite der Scheibe sein schmales, müdes Gesicht sehen würde.

Ich klopfte noch einmal und spürte, wie mir das Herz bis zum Hals schlug. Er fühlte sich so wahnsinnig weit weg an.

Irgendwo hinter mir ging knarrend die Tür von einem der anderen Wohnwagen auf.

»Verdammt noch mal, hör auf, Krach zu machen«, zischte jemand. »Die Leute schlafen.«

Die Stimme klang rau, und ihr Besitzer hatte Mühe, ohne zu stolpern über die Konsonanten zu kommen. In Adidas-Trainingshose und einer dicken Fleecejacke stand er da, eine Hand auf der Klinke der Wohnwagentür. Er war zwischen dreißig und vierzig, bärtig und mit lederartiger Haut.

Ich kannte ihn. Er hieß Klas und seinem Vater hatte einer der Armenhöfe auf der anderen Seite des Waldes gehört. Als ich klein war, arbeitete Klas noch auf dem Hof, aber das war das Letzte, was ich von ihm gehört hatte.

»Was hast du vor, Mädel?«, fragte er.

Ich stieg von der Treppe und ging langsam auf ihn zu.

»Ich suche meinen Bruder.«

Er kniff die Augen zusammen. »Und was willst du von ihm?«

»Ich muss ihn finden.«

»Warum denn?«

Ich wusste nicht, was ich mit meinen Händen anfangen sollte, also steckte ich sie in die Jackentaschen. »Die Polizei sucht ihn.«

»Ach so?« Klas ließ den Türgriff los und verschränkte die Arme vor der Brust. »Und was zum Teufel machst du dann hier?«

»Es ist besser, wenn ich ihn zuerst finde.«

Klas lachte auf, ein Lachen, dem viele Zähne fehlten. Über der Kolonie kreiste lautlos, ohne Flügelschlag, ein großer, schwarzer Vogel, als würde er nach einer Beute suchen oder hätte sie bereits gefunden und wartete jetzt auf den richtigen Moment.

»Weißt du, wo er ist?«

Er schüttelte den Kopf, fuhr mit der Hand in eine Tasche der Fleecejacke, holte ein Feuerzeug und eine Zigarette heraus.

»Keine Ahnung«, sagte er und steckte sich die Zigarette zwischen die Lippen. »Hab ihn eine Weile nicht gesehen.« Er zündete die Zigarette an. »Wie alt bist du? Fünfzehn?«

»Wann hast du Jakob zuletzt gesehen?«

Er verzog das Gesicht, als täte es weh, sein Gedächtnis zu benutzen, und kratzte sich an der Schläfe.

»Ein paar Tage vielleicht.«

»Sein Auto steht nicht beim Wohnwagen«, sagte ich. »Aber es wirkt irgendwie nicht so, als hätte er vorgehabt, wegzufahren.«

»So ist das hier.«

»Glaubst du«, begann ich und sah mich um, »glaubst du, dass einer von denen hier mehr weiß als du?«

»Nein.« Er grinste wieder, und die Zähne, die er noch besaß, waren gelb und fleckig. »Aber du kannst ja fragen.«

Ich ließ den Blick über die Wohnwagen schweifen.

»Und bei wem sollte ich dann anfangen?«

Im Augenwinkel sah ich, dass der große, schwarze Vogel seine Beute aufgegeben zu haben schien und verschwand.

»Was hast du gesagt, wie alt du bist?«

»Nichts habe ich gesagt. Kannst du mir sagen, wen ich fragen sollte?«

»Kommt drauf an.«

»Kommt worauf an?«

Er führte eine Hand nach unten und fing an, sich im Schritt zu massieren und zu ziehen.

»Ob du Lust hast, ein bisschen reinzukommen.«

Ich wich einen Schritt zurück.

»Nein, danke.«

»Wenn du was wissen willst, musst du was zurückgeben. So funktioniert das.«

»Ich gehe jetzt.«

»Ich kann bezahlen. Ich hab Geld.«

Er ließ seinen Schritt los. In der Hose zeichnete sich sein Schwanz ab. Ich schob die Hand in meine Tasche, packte das Messer, schloss die Finger fest um den Schaft und wandte mich zum Gehen. Er machte zwei Schritte in meine Richtung auf das Gras.

Ich holte das Messer nicht aus der Tasche, obwohl ich es eigentlich wollte, sondern rannte an ihm vorbei. Hinter mir lachte er laut und grob. In meiner Brust pochte das Herz wegen noch Schlimmerem als Angst. Das Lachen hörte auf, aber ich rannte weiter, und als ich einen Blick über meine Schulter warf, stand er nur da und sah mir nach.

Der Wind biss mir in die Wangen und Finger, Beine und Nase waren eiskalt. Mit immer noch zitternder Hand holte ich das Handy heraus, obwohl ich wusste, dass es kein Netz haben würde. Das hatte man hier eigentlich nur in der Nähe von Häusergruppen oder entlang der asphaltierten Straßen. Ich hielt das Telefon beim Gehen in der Hand und schaute immer wieder darauf, in der Hoffnung, Jakob noch einmal anrufen zu können. Seit gestern hatte ich dreimal versucht, ihn zu erreichen, doch es hatte nur monoton geklingelt oder eine trockene Automatenstimme hatte mir geantwortet. Entweder ging er nicht ran oder das Handy war ausgeschaltet. In dem Fall fragte ich mich, wer es wohl ausgeschaltet hatte, er selbst oder jemand anders?

Oder es war gar nicht ausgeschaltet, weil er sich vielleicht, ebenso wie ich gerade, irgendwo aufhielt, wo die Strahlen des Mobilfunknetzes nicht hinreichten.

Schwere, lilagraue Wolken zogen von Osten herein, und der Himmel wurde unruhiger, sah aus, als wolle er über jemanden herfallen. Ich hatte keinen Regenschirm dabei, also bog ich jetzt auf einen der Pfade ein, die am inneren Waldrand verliefen, um unter den Bäumen Schutz suchen zu können. Schon bald hörte ich um mich herum das Klatschen der Tropfen.

Der Weg war weit. Malte Ljung wohnte am anderen Ende von Varvet, am Hang hinter einem Bach, dem Marbäcken. Ich bekam Hunger und wünschte, dass ich gefrühstückt oder wenigstens etwas zu essen mitgenommen hätte. Hier oben gab es keinen Laden. Den gab es nur unten im Dorf, zusammen mit dem Klamottengeschäft, der Tanke, der Pizzeria und dem Altenheim. Und da war auch die Schule, die ich in den ersten neun Klassen besucht hatte.

Danach war ich aufs Gymnasium gekommen, das noch weiter weg lag, am Dorf vorbei und am äußeren Rand der kleinen Stadt. Seitdem musste ich jeden Morgen auf den Bus warten und dann eine Stunde lang durch die Scheibe glotzen, was vorher nur eine halbe Stunde gewesen war.

Sie redeten über uns, weil wir aus Varvet kamen, aber nie so, dass man es hörte. Als ich neu in die Schule gekommen war, hatte ich nicht kapiert, dass wir für sie anders waren, ebenso wenig, wie ich kapiert hatte, dass wir knapp bei Kasse waren, ehe ich begriff, dass es Leute gab, die mehr hatten als wir. In ihren Augen waren wir die Kinder der gescheiterten Bauern und der verbitterten Kätner, der Schwarzbrenner und der Hehler. Ein paar von uns waren das vielleicht wirklich, doch nicht alle. Aber das spielte keine Rolle, die Leute von unten aus dem Dorf oder aus der Stadt glaubten, was sie glaubten.

Das war schon immer so gewesen und würde wahrscheinlich auch immer so bleiben. Im Grunde war ich erst seit zwei Monaten auf dem Gymnasium, und bisher hatte ich noch nicht viel mit jemandem, der von da unten kam, gesprochen. Die Mädels aus der Stadt waren albern und die Jungs redeten zu viel. Ich hatte sie lieber schweigsam und mit dunklem Blick und Bartstoppeln, die an meinen Wangen oder auf der Innenseite der Schenkel kitzelten.

Die wenigen Male, als hier oben mal was passierte, zum Beispiel, als dem Knecht vom Bauern in den Rücken geschossen worden war, schaffte es das manchmal in die Zeitungen. Da wurde von Varvet als »der abgelegenen småländischen Gegend« geschrieben. Das war komisch, nur weil *die* weit weg waren, sollten *wir* abgelegen sein. Schließlich passierte die Sache doch bei uns.

Eigentlich war es schrecklich, da zu sein, wo es passierte. Wenn ich es mir recht überlegte, war ich lieber abgelegen.

Weil es weiterregnete, war ich trotz der schützenden Bäume bald richtig durchnässt. Ich setzte die Kapuze der Jacke auf und zog den Reißverschluss so hoch ich konnte. Auf dem Weg zu Malte rauchte ich eine Zigarette nach der anderen und versuchte, an nichts Besonderes zu denken.

Das klappte nicht sonderlich gut.

Solange ich denken kann, haben mein Bruder und Malte fast alles zusammen gemacht. Sie sind gleich alt und hatten einander an einem Sommertag auf den großen Feldern in der Nähe unseres Hauses gefunden. Jakob war mit unserem alten Luftgewehr auf der Jagd nach Krähen oder Elstern unterwegs gewesen und hätte Malte beinahe erschossen. Zumindest erzählte Jakob die Geschichte so. Seit jenem Tag waren sie unzertrennlich.

Eines Nachts im letzten Frühjahr, ein paar Monate bevor ich anfing, Jakob auf seinen Lieferantentouren zu begleiten, wachte ich auf, aber nicht, weil ich schlecht geträumt hatte, sondern weil es so entsetzlich heiß war.

Die Tür zu meinem Zimmer war angelehnt, genau wie immer, und aus dem Bett konnte ich sehen, wie das Licht draußen auf den Fußboden fiel. Das zeigte mir, dass auch die Schlafzimmertür von Mama offen stand. Es war früh am Morgen und dämmerte schon, sie musste also zu Hause sein. Bestimmt schlief sie. Dann kamen Geräusche aus der Küche, jemand stellte ein Glas auf den Tisch, und danach folgten Geräusche, die mir unbekannt waren.

Wahrscheinlich hörten sie mich nicht, denn wenn, dann hätte ich vermutlich nicht gesehen, was ich jetzt sah. Als ich durch die halb geöffnete Küchentür spähte, konnte ich zwei Gläser erkennen, die neben einer Flasche auf dem Tisch standen.

Er lehnte im dunklen Morgenlicht an der Arbeitsfläche und stützte sich mit den Händen ab. Er hatte keinen Pullover an, den hatte ihm Mama wahrscheinlich ausgezogen, er lag neben ihr auf dem Boden. Sie saß vor ihm auf einem Stuhl, die Beine hatte sie gespreizt, sodass er zwischen ihren Oberschenkeln Platz hatte.

»So warm«, murmelte sie mit rauer Stimme und legte ihre Lippen auf einen Punkt direkt unter seinem Nabel, packte gleichzeitig seine Jeans und die Unterhose und zog sie herunter.

Was aus seiner Unterhose schnellte, ließ sie nach Luft schnappen.

»Mein Gott, Malte«, sagte sie, und als sie ihn in ihre Hand nahm und ihr Gesicht darauf zubewegte, wuchs er noch mehr, und während sie ihren Mund um die Spitze schloss, starrte ich darauf, auf seinen Bauch, seine Schultern und das dämliche, aber schöne Lächeln auf seinem Gesicht.

Ich konnte nicht mehr hinsehen, sondern machte leise kehrt und ging zurück in mein Zimmer, hörte ihn stöhnen, und als er das tat, erzitterte ich tief drinnen.

Ich legte mich ins Bett, schloss die Augen, horchte auf die Laute aus der Küche und schob eine Hand in meine Hose. Ich wandte den Kopf und biss ins Kissen, um nicht mehr als ein Flüstern von mir zu geben, als ich nicht länger widerstehen konnte und der Höhepunkt kam.

Und dann die Scham.

In meinem Kopf blieben die Bilder von Malte scharf und klar wie teure Fotografien und ich kehrte in meinen Gedanken wieder und wieder zu ihnen zurück.

Vielleicht war es nur ein einzelnes Ereignis, eine Idee von ihr oder von Malte oder von beiden. Es konnte aber auch etwas sein, was immer noch geschah. Ich wusste es nicht. Das Einzige, was ich wusste, war, dass ich nie zuvor gesehen hatte, wie zwei Menschen Sex hatten, zumindest nicht in der Wirklichkeit, und dass irgendetwas in mir geweckt worden war. Etwas, das sich nicht wieder einschläfern ließ. Es ging dabei eigentlich nicht direkt um Malte, glaube ich, sondern um etwas Größeres als das. Aber von diesem Morgen an wollte ich bestimmte Jungs jedes Mal, wenn ich sie sah, anfassen. Wollte fühlen, wie sie nach mir griffen. Es war schwer zu beschreiben.

Inzwischen zitterte ich vor Kälte und Nässe, aber es hatte aufgehört zu regnen. Ich betrat die Holzbrücke, die mich über den Marbäcken brachte. Sie war schwarz und breit. Unter mir gurgelte laut das Wasser und übertönte das Geräusch meiner Schuhe. Ein Stück entfernt, in einer ochsenblutroten Hütte, die einmal irgendein Schuppen oder eine Garage gewesen sein musste, wohnte Malte.

Jemand hatte die Wände isoliert, drinnen einen Ofen installiert und einen Schornstein aufs Dach gesetzt, hatte Wasser und Elektrizität verlegt, einen Pfosten in den Boden gerammt und einen Briefkasten drangenagelt. Mehr als das braucht man nicht, um etwas ein Zuhause nennen zu können.

Ich nahm eine Hand aus der Jackentasche und spürte die Kälte an meinen Knöcheln, als ich an die Tür klopfte.

Als Malte öffnete, sausten seine Augenbrauen zur Stirn hoch.

»Vega. Hallo.«

»Kann ich reinkommen?«

»Worum geht's?«

»Um meinen Bruder.«

»Ah so.« Etwas geschah mit seinem Gesicht, schwer zu sagen, was. War er nervös? Ja, das war er anscheinend. »Komm rein.«

Wenn man von der Toilette absah, bestand Maltes Hütte nur aus einem Raum mit einem Bett in der einen Ecke und einer kleinen Küche in der anderen, einer Sofaecke in der dritten und einem Schrank in der vierten. An der Längsseite zwischen Bett und Küche stand der Ofen und schlummerte, doch hier drinnen war es warm, er musste also kürzlich geheizt haben. Die Möbel waren alt, und bei der Tür stand eine blaue IKEA-Tüte voller gefalteter Wäsche, die frisch und gut roch, ein Geruch, der sich mit dem von Zigarettenrauch und geöltem Holz vermischte. Auf dem Sofatisch stand ein Aschenbecher und dort lagen auch eine Tüte John-Silver-Tabak, Blättchen und ein Feuerzeug.

»Oh Mann, shit«, sagte Malte, als er merkte, wie durchnässt ich war. Er beugte sich über die IKEA-Tüte und zog ein Handtuch heraus. »Hier. Du bist ja klatschnass.«

Ich nahm das Handtuch entgegen, kam aber nicht dazu, mich abzutrocknen. Aus der Toilette in der Ecke der Hütte trat mein Bruder Jakob.

»Hallo, Schwesterchen.«

Ich ließ das Handtuch fallen, ging an Malte vorbei und zu Jakob hin und boxte ihn so fest ich konnte gegen die Brust.

Mein Bruder war groß und schwer, aber entweder überraschte ich ihn, oder ich hatte mehr Kraft in den Armen als gedacht, denn Jakob wankte rückwärts und verlor das Gleichgewicht.

Meine Erleichterung war plötzlich Wut gewichen, wie ich sie nur gegenüber meinem Bruder verspüren konnte.

»Was machst du eigentlich, verdammt noch mal? Warum versteckst du dich hier?«

Jakob kam langsam auf die Füße, Malte sah erstaunt aus, hielt sich aber zurück, als die Fragen aus mir herauspurzelten.

»Warum hast du dich nicht gemeldet? Warum gehst du nicht ans Telefon, wenn man anruft?«

»Ich wusste nicht, ob du es bist oder jemand, der nur von deinem Telefon aus anruft.«

»Die Polizei sucht nach dir.«

»Ich weiß. Sie waren hier.«

»Hast du mit ihnen geredet?«

»Ich hab mich versteckt. Die wissen nicht, dass ich hier bin.«

Jakobs Kleider waren dreckig und zerknittert, er sah erschrocken aus, als wäre er eben im Wald einem großen Tier begegnet. Ich fragte mich, ob er wohl geschlafen hatte, seit wir uns am letzten Donnerstag gesehen hatten. Langsam perlte die Wut von mir ab.

»Was machst du hier, Vega?«, fragte er.

Ich zog die Stiefel aus, setzte mich aufs Sofa, und während ich meine Haare mit dem Handtuch trocknete, machte Malte Kaffee. Ich hatte noch keinen getrunken und vielleicht hatte ich deswegen solche Kopfschmerzen. Malte trug die Sorte Klamotten, die er in meinen Gedanken immer trug, nur ein schwarzes T-Shirt, das an allen Stellen richtig saß, und eine hellgraue, lose sitzende Jogginghose. In meinen Tagträumen hatte ich so oft vor ihm gesessen und sie langsam über seine Oberschenkel heruntergezogen, dass ich fast den Stoff an den Händen fühlen konnte.

Ich konnte nicht mit Jakob reden, solange Malte hier war, zumindest nicht über das, worüber ich mit ihm reden wollte, und das war frustrierend. Jetzt, da ich ihn endlich gefunden hatte, war es, als würde alles gleichzeitig in mir hochkochen. Andererseits war ich gern in Maltes Nähe, und konnte ihn kaum bitten, sein eigenes Haus zu verlassen.

»Ich wusste nicht, wo du bist«, sagte ich. Und dann: »Habt ihr Tabak?«

Ich zog das fast leere Tabakpäckchen aus meiner Tasche.

»Wir haben jedenfalls mehr als das da«, erwiderte Malte und nickte zu der Tüte auf dem Tisch.

Die Kaffeemaschine hatte angefangen, auf eine angenehme Weise zu blubbern, und als der Geruch von Kaffee sich in der Hütte ausbreitete, nahm Malte drei Tassen aus dem Schrank und stellte sie auf den Tisch. Jakob setzte sich in einen der Sessel, er sah erschöpft aus.

Ich zog ein Blättchen aus dem Paket, öffnete die Tabaktüte, zupfte etwas Tabak heraus und legte ihn auf dem Blättchen zurecht.

Dann leckte ich mir die Lippen, führte das Papier an meinen Mund und befeuchtete seine eine Kante, indem ich es über die Innenseite meiner Unterlippe zog.

»Du, Malte«, begann Jakob.

»Kein Problem. Ich muss sowieso Holz hacken.«

Ich schloss das Papier um den Tabak und rollte die Zigarette zwischen den Fingern. Malte zog sich etwas über, ging raus und ließ meinen Bruder und mich allein.

Jakob war der Einzige, der wusste, dass ich an dem Abend dabei gewesen war. Am Donnerstag, vor weniger als einer Woche, war ich zum ersten Mal seit dem Sommer wieder mit ihm mitgefahren.

Er war vorbeigekommen und hatte gefragt, ob ich mitwolle. Wir sind gegen acht Uhr abends los und hatten erst unten im Dorf für Jakob eingekauft. Dann ging es zur Wohnwagenkolonie rauf, und wir verstauten die Waren dort, um danach eine Ladung von Onkel Dans Kanistern ins Auto zu verfrachten.

Den Abend verbrachten wir damit, an die verschiedenen Enden von Varvet zu fahren und Kanister gegen Geld abzuliefern. Ich war fast die ganze Zeit guter Dinge, außer als wir an dem Haus von Tom und Diana Sten vorbeikamen. Es war gegen elf, und wir hatten das Radio eingeschaltet und hörten Nachrichten, die uns gleichgültig waren. Sie verebbten gerade und wurden durch Musik ersetzt, als wir an dem alten Haus vorbeifuhren. In den Fenstern brannte Licht, Dianas Fahrrad stand an die Hauswand gelehnt, und ich sah sie am Küchenfenster sitzen. Irgendwo da drinnen bewegte sich bestimmt auch Tom, doch an ihn wollte ich am liebsten gar nicht denken, das machte mir nur schlechte

Laune. Wir fuhren weiter, und Jakob fragte, wie es in der Schule lief.

»Freu mich auf die Herbstferien«, sagte ich, und das brachte ihn zum Lachen. Ich dachte nicht mehr an Tom Sten.

Als wir fertig waren, hielten wir am Straßenrand und teilten uns eine Zigarette. Das war schön, ich mochte es, mit meinem Bruder zusammen zu sein und nichts Besonderes zu machen außer zu reden. Es wurde spät, die Uhr am Armaturenbrett zeigte 00:15, als wir uns wieder ins Auto gesetzt hatten und Jakobs Handy klingelte.

»Ja«, sagte er.

Ich drehte das Radio leiser. Im Hörer war eine laute, erregte Stimme zu hören, aber ich konnte keine einzelnen Worte verstehen.

»Warte mal«, sagte Jakob. »Noch mal ... Ja. Wir waren unten zum Einkaufen und dann haben wir ... Was? Ja, natürlich. So ungefähr in zehn Minuten.«

Er schob das Telefon in die Tasche zurück.

»Ich soll zu Hellman fahren.«

»Warum das denn?«

»Weiß nicht.«

Schweigend fuhren wir durch Varvet. Ich dachte an den unangenehmen Lars Hellman, den Mann mit dem langen, weißen Bart und dem kalten Blick, dem ich im Sommer begegnet war und der mich *Schlambe* genannt hatte. Wie schmal seine Augen geworden waren, als ich ihn provoziert hatte, wie bedrohlich sein Haus gewirkt hatte. Das alles hatten sich in mein Gedächtnis eingebrannt.

Ich betrachtete die Natur da draußen. Plötzlich hatte ich das Gefühl, jemanden im Wald zu sehen, eine rasche Bewegung im Astwerk, als würde einer zwischen den Bäumen hindurcheilen. Ich wandte den Kopf und versuchte, die Bewegung zu verfolgen, doch als ich blinzelte, war sie verschwunden. Die Schatten spielten unseren Augen seltsame Streiche.

Wir saßen schweigend da, bis wir mit ausgeschalteten Scheinwerfern bei Hellmans Haus einbogen.

Ich kniff die Augen zusammen, um in der Dunkelheit besser sehen zu können, konnte aber nicht viel erkennen, da machte Jakob schon den Mund auf.

»Scheiße«, zischte er und drückte meinen Sicherheitsgurt auf. »Vega, nach hinten mit dir, leg dich auf den Boden und sei ganz still.«

»Aber ...«

»Vega, verdammt, tu, was ich sage.«

Etwas in seiner Stimme machte mich unfähig zu protestieren. Der Fußraum beim Rücksitz war groß genug, dass ich da unten Platz finden würde, wenn ich mich auf die Seite legte. Um mich herum lagen alte Zeitungen, leere Limonadendosen, Bierflaschen und zusammengeknüllte Zigarettenpäckchen.

Jakob stieg aus dem Auto und der Luftzug der zuschlagenden Tür verwirbelte mein Haar.

Vorsichtig setzte ich mich auf und spähte durch die Lücke zwischen Fahrer- und Beifahrersitz. In Hellmans Fenstern brannte Licht, und drinnen sah ich seine Schulter, einen Arm.

Ich hörte Leute, die sich bewegten, ums Auto herumgingen. Jakob öffnete den Kofferraum und ich legte mich schnell wieder hin.

»Vielleicht reicht der Platz nicht ...«, begann Jakob.

»Das ist groß genug«, hörte ich Onkel Dans Stimme, ruhig und gefasst. »Klapp den Rücksitz zurück.«

Die kalte Nachtluft fand ihren Weg dorthin, wo ich auf dem Boden lag, und vielleicht stellten sich deshalb die Haare an meinen Armen auf.

Jakob ging ums Auto, machte die hintere Tür auf und klappte den Sitz nach vorne. Er tat das rasch, knallte dann die Tür zu und kehrte zum offenen Kofferraum zurück.

Lautes Knirschen von Schritten auf Schotter. Ich presste mich auf den Boden, um mich so klein wie möglich zu machen, hatte Angst, dass ich jetzt, da der Rücksitz heruntergeklappt war, entdeckt werden könnte.

»Fass mit an«, befahl Dan.

Etwas fiel schwer ins Auto und ließ es schaukeln.

Der Kofferraum wurde geschlossen. Niemand sagte mehr etwas, zumindest hörte ich nichts. Ein unangenehmer Geruch, so wie eine Mischung aus Eisen und altem Schweiß, breitete sich im Auto aus. Jakob ließ sich auf dem Fahrersitz nieder, schlug die Tür zu und startete den Motor, dann atmete er tief durch. Er wandte den Kopf, um zurückzusetzen, und seine Augen waren wie zwei Teiche im Dunkeln.

»Rühr dich nicht«, zischte er.

Ich versuchte zu sehen, was er ins Auto geladen hatte, als etwas Kaltes auf meine Wange fiel und sich zum Ohr hin ausbreitete. Ich strich mit der Handfläche darüber und merkte, dass es nass war. Ich hielt die Hand vor mich und kniff die Augen zusammen, um besser sehen zu können, ahnte eine Kontur. Erst da begriff ich.

Es tropfte auf meine Wange, noch einmal und dann noch einmal. Die Panik hatte mich an der Kehle gepackt und ich rang laut keuchend nach Atem.

Was auf mich tropfte, war Blut, und als die Konturen über mir schärfer wurden, sah ich, dass es die Hand eines Menschen war.

Der Kaffee war noch nicht fertig durchgelaufen, aber Jakob stand auf, zog die Kanne heraus und füllte zwei Becher. Einzelne Tropfen fielen aus der Maschine, zischten auf der heißen Platte.

»Lange her, dass ich hier war«, sagte ich.

Er reichte mir einen Becher. »Geht mir genauso.«

»Seht ihr euch nicht jeden Tag?«

»In der letzten Zeit nicht so, aus irgendeinem Grund. Wahrscheinlich haben wir angefangen, erwachsen zu werden.«

Viele in der Gegend hier blieben an jemandem hängen und kriegten dann Kinder, absichtlich oder nicht. Die, die einen Job hatten, gingen zur Arbeit, die anderen waren auf der illegalen Seite des Alltags beschäftigt. Ein paar wenige machten beides, aber ein paar machten auch einfach gar nichts. Sie schienen einfach zu warten, ohne dass man wusste, worauf. So war das schon gewesen, als Mama und Papa jung waren, und wahrscheinlich war es nur eine Frage der Zeit, bis das auch Malte und Jakob passierte. Bis es mir passierte.

Ich nahm einen Schluck vom Kaffee. Er war schwarz und stark und heiß, genau, wie ich ihn wollte.

»Warum ist die Polizei zu uns gekommen?«, fragte ich schließlich.

»Weißt du doch.«

»Aber warum ausgerechnet zu uns?«

Jakob trank ein wenig aus seinem Becher.

»Vielleicht haben sie was gefunden, das ... Irgendwas, das mit dem Auto zu tun hat, vielleicht. Wer weiß.«

»Hast du Malte davon erzählt?«

»Nein.«

»Wirst du?«

»Nein. Er hat gefragt, aber ich habe nichts gesagt. Je weniger davon wissen, desto besser.«

»Schläfst du manchmal?«, fragte ich.

»Nicht sonderlich viel.«

Ich legte eine fertig gerollte Zigarette beiseite und trank noch mehr von dem Kaffee, ehe ich begann, eine neue zu rollen. Die Maschine tuckerte in der Stille.

Ich wusste nicht, was ich sagen sollte. Hauptsächlich war mir kalt, ich fror und freute mich darüber, meinen Bruder wiedergefunden zu haben. Erst jetzt merkte ich, dass ich eine ganze Zeit lang sicher gewesen war, dass auch ihm irgendwas Schlimmes zugestoßen war.

»Wo ist dein Auto eigentlich?«

»Oben bei Dan.«

»Und da ist die Polizei nicht gewesen?«

»Die haben wohl keinen Bock, raufzufahren«, meinte Jakob. »Aber selbst wenn sie es bis zu Dan schaffen, ist er ziemlich gut darin, Sachen verschwinden zu lassen.«

Durchs Fenster konnte ich Malte sehen. Er hackte und

sortierte mit konzentriertem Gesichtsausdruck sein Holz. Ich betrachtete seinen Körper, verfolgte seine Bewegungen.

»Was hast du jetzt vor?«, fragte ich.

»Bisschen abtauchen. Du weißt ja, wie das hier oben ist.«

Ja, das wusste ich. Wahrscheinlich stimmt es anderswo nicht, dass über alles Gras wächst, dass Menschen und Ereignisse in Vergessenheit geraten, aber hier oben läuft es fast immer so. Die Ämter, die Steuerbehörde, die Polizei und all die anderen strengen sich eine ganze Weile an, wenn irgendwas nicht in Ordnung ist, aber am Ende geben sie auf. Wahrscheinlich finden sie, es lohnt nicht, so viel Zeit an einen Ort wie Varvet zu verschwenden. Das ginge mir an ihrer Stelle genauso. Es führt nirgendwohin, es verändert nichts. Wenn jemand zum Beispiel seine Stromrechnung nicht bezahlt, dauert es einen Monat oder zwei, bis der Anbieter den Strom abstellt. Das Einzige, was dann passiert, ist, dass man sich schwarz in das Netz von jemand anderem einklinkt, so wie sie es unten in der Wohnwagenkolonie gemacht haben. Wenn ein Mensch verschwindet, hüllen sich alle, die was über die Sache wissen, so lange in Schweigen, bis die Polizei aufgibt und zu fragen aufhört. Manchmal taucht die Person wieder auf, manchmal nicht.

Papa hat mal gesagt, wenn hier draußen jemand verschwindet und nicht zurückkommt, dann wäre es am besten, ihn verschwunden sein zu lassen. Vielleicht hat er da in eigener Sache gesprochen, denn kurz darauf ist er abgehauen.

»Was soll ich der Polizei sagen, wenn sie zurückkommen?«

»Dass du nicht weißt, wo ich bin.« Jakob wollte gerade noch einen Schluck von seinem Kaffee nehmen, als er erstarrte. »Du hast doch wohl Mama nicht gesagt, dass du hier bist, oder?«

»Nein.«

»Gut. Ist besser, wenn sie nichts weiß.«

»Warum?«

»Nicht, dass sie auf die Idee kommt, mit der Polizei zu reden.« Jakob senkte die Stimme, obwohl wir allein in der Hütte waren. Er wirkte verkrampft und hatte Angst, das konnte ich an seinem Blick erkennen. »Es ist das erste Mal, dass wir mit so was hier zu tun haben.«

»Wenn sie weiß, dass es dir gut geht, wird sie nichts sagen«, beharrte ich.

Jakob lehnte sich im Sessel zurück und seufzte.

»Stell dich nicht blöd an. Glaubst du wirklich, dass sie sich unter diesen Umständen damit zufriedengeben wird, wenn du nach Hause kommst und nur sagst, dass du mich getroffen hast und dass alles okay ist? Sie wird auf jeden Fall mehr wissen wollen.«

Mir wurde klar, dass er recht hatte. Ich mochte es nicht, Mama anzulügen, aber in diesem Fall war es weniger unbehaglich, als die Wahrheit erzählen zu müssen. Ich rollte mir eine vierte Zigarette. Jakob sah zu, beobachtete meine Bewegungen.

»Du kannst ruhig mehr Tabak nehmen.«

»Ich mag es, wenn sie dünn sind.«

»Genau wie Papa.«

»Ja.«

Damit versanken wir in Schweigen.

Ich trug es in mir, dieses Wissen, dass die Menschen, die man liebt, von einem Tag auf den anderen einfach verschwinden können. Dass sie abhauen und nie wieder zurückkommen. Mit Papa war es genauso gewesen. Ich hatte Angst, dass er meinem Bruder diesen Fluchtreflex vererbt haben könnte. Dass Jakob von der Polizei gefasst werden würde oder dass er sich in Luft auflösen würde, um genau das zu vermeiden. Dass auch er mich verlassen würde.

»Ich muss die ganze Zeit daran denken«, flüsterte ich. »An das Haus, das Blut. Den Toten. An alles, was passiert, wenn sie dich festnehmen. Ich weiß nicht, was ich tun soll.«

»Ich auch nicht.« Er zögerte. »Ich hab Angst, dass ich es nicht schaffe, zu lügen, wenn sie mich kriegen. Vielleicht sollte ich einfach von hier abhauen. Ich sollte vielleicht ...«

»Was?«

»Ach, nichts.« Er schüttelte den Kopf. »Ich hab echt das Gefühl, verrückt zu werden.«

Jakob sah auf seine Hände. Sie zitterten.

Es klopfte. Malte machte die Tür auf und sah herein.

»Ich müsste mal einen von meinen Handschuhen tapen.«

Jakob sah ihn mit bleicher Miene an und erhob sich dann mit Mühe, als hätte er Angst, das Gleichgewicht nicht halten zu können.

»Und ich muss sowieso mal einen Spaziergang machen«, sagte er mit dünner Stimme. »Ich muss raus und mich bewegen. Verdammt noch mal, ich kann nicht die ganze Zeit hier hocken und Schimmel ansetzen.« Er wandte sich mir zu und irgendetwas begann in seinem Blick zu funkeln. »Ach, genau.«

Er ging zu einer Jacke, die auf der Innenseite der Tür hing, und zog einen Umschlag aus der Innentasche. Den hielt er mir entgegen.

»Du kennst Tom Sten, oder?«

Ich starrte auf den Umschlag.

»Nicht direkt.«

»Aber du weißt, wer das ist.«

»Ja.«

»Das hier ist für ihn und Diana.«

Ich befühlte das Kuvert. Da war Geld drin.

»Wofür?«

»Das ist von Dan.«

»Machen Tom und Diana Geschäfte mit ihm?«

»Kannst du ihnen das geben, oder nicht? Ich wollte es eigentlich selbst machen, aber im Moment traue ich mich nicht raus.«

Mein Bruder sah mich fast flehentlich an. Das Kuvert zitterte in seiner Hand, und hauptsächlich, um das nicht mehr sehen zu müssen, nahm ich es. Es fühlte sich seltsam warm zwischen meinen Fingern an und ich legte es in meine Tasche.

»Ja, ich glaub schon.«

»Danke. Bis bald, Vega.«

»Geh ran, wenn ich anrufe, okay?«

Jakob erwiderte nichts, sondern zog nur eine von Maltes dicken Jacken über und verließ die Hütte.

Malte schaute ihm nach, während er seine Handschuhe

auszog, von denen einer einen groben Riss hatte. Er holte eine Rolle Gaffatape aus einem Schrank über der Küchenzeile und sah mich an, wie ich da immer noch saß, weil ich nicht so recht wusste, was ich tun sollte.

»Der Pullover sieht ziemlich nass aus«, sagte er, riss einen Streifen Tape ab und teilte ihn in der Mitte, drehte dann den Handschuh auf links und drückte das Klebeband auf den Riss. Danach machte er dasselbe auf der Außenseite.

»Das geht schon«, antwortete ich.

Er legte das Tape und den Handschuh auf den Tisch, stand auf und ging zum Schrank.

»Es geht schon«, versuchte ich noch einmal.

»Zieh den mal solange aus.«

Ich tat, was er sagte, und obwohl ich BH und Hemd drunter hatte, fühlte ich mich seltsam entblößt vor ihm.

»Ich glaube, ich habe keine Sachen, die dir passen«, murmelte er.

»Kein Problem.«

Ich hatte schlechte Erfahrungen mit Männerklamotten gemacht, davon zeugte der Pullover, der tief in meiner Tasche verborgen lag. Malte holte ein frisches, trockenes Handtuch heraus, und als er sich zu mir drehte, blieb seine Aufmerksamkeit an meinen Schultern hängen.

»Hier«, sagte er. »Nimm das hier und gib mir den Pullover.«

Während Malte meinen nassen Pullover auf den kleinen Heizkörper bei der Küchenecke hängte, warf ich mir das Handtuch über. Es war groß und blau und roch so, dass ich ihn anfassen und meine Fingernägel über seine Schultern oder durch seine Bartstoppeln ziehen wollte.

Ich rollte die Zigarette fertig. Wir versuchten ein bisschen Small Talk, aber das fühlte sich eher steif und komisch an. Die wenigen Male, als er mich ansah, wanderte sein Blick immer zu meinen Schultern und meinem Oberkörper, das machte mich nervös. Ich sollte gehen, dachte ich und sah zu meiner Tasche. Der Umschlag für Tom und Diana Sten ragte ein bisschen aus der Öffnung heraus.

»Weißt du, worum es da geht?«, fragte ich. »Bei dem Geld in dem Umschlag?«

»Nein. Wieso?«

»Wollte es nur wissen.«

»Was ist eigentlich passiert, Vega?«, fragte er und sah so besorgt aus, dass ich drauf und dran war, alles zu erzählen. Also erhob ich mich zum Gehen.

»Keine Ahnung«, murmelte ich und suchte meine Sachen zusammen, riss den Pullover von der Heizung. »Bestimmt ist es nichts.«

Der Pullover war noch ziemlich nass. Als ich ihn überzog, schauderte es mich.

Ich verließ die Hütte am Marbäcken mit zittrigen Knien, frisch gerollten Zigaretten in der Tasche und einem von Kaffee betäubten Hunger. Ich hätte auch nach etwas zu essen fragen sollen, nicht nur nach Zigaretten.

Der Armensumpf hatte seinen Namen schon vor langer Zeit erhalten. Niemand wusste, wie tief er war, denn keiner hatte je seinen Grund gesehen. In der Nähe standen ein paar Häuser und in einem davon wohnte Diana Sten mit ihrem Sohn Tom.

Tom und ich besuchten dieselbe Schule, und er war es gewesen, an den ich zu Beginn des Sommers meine Unschuld verloren hatte.

Eigentlich mag ich den Ausdruck »die Unschuld verlieren« nicht, es klingt so, als würde man einen Verlust erleiden. Aber so ist das mit manchen Begriffen. Obwohl man sie nicht mag, sind sie so gebräuchlich, dass man sie doch benutzt. Ich weiß nicht, es ist komisch.

Ich hatte Tom darum gebeten, es zu tun, hauptsächlich, weil ich wissen wollte, wie es sich anfühlte, bildete ich mir jedenfalls ein, vielleicht aber auch, weil etwas Destruktives in mir erwacht war. Es war auf einem Fest gewesen, und Tom hatte dagesessen und die ganze Zeit auf meine Brüste gestarrt, sodass ich fast sicher war, dass er nicht Nein sagen würde. Er mochte mich nicht, ich war die Nichte von Dan Gillberg, und Dan war der Mann, der seinen Vater Frank aus Varvet vertrieben hatte. Hinterher dachte ich, dass er es wahrscheinlich genau deswegen getan hatte: weil es verboten war. Weil sich in Tom vielleicht auch etwas Destruktives regte.

Ich hatte gehört, dass Tom es schon mal gemacht hatte, ich zweifelte also nicht daran, dass er wusste, wie man es tat. Es war überhaupt nicht schön, auch wenn ich wollte, dass es das war. Hauptsächlich hat es gebrannt und gezogen, und es fühlte sich an, als würde ich innerlich angezündet. Tom roch nach Bier und Schweiß und billigem Parfüm, und während er auf mir drauflag, baumelte seine Kette, eine dünne Silberkette mit einem schmalen Kreuz, über meinem Gesicht, und ich versuchte, mich auf den Schmuck zu konzentrieren und auf die Musik, die unter uns zu hören war. Erst als es vorbei war, wurde mir klar, dass wir uns nicht geküsst hatten. Hätten wir das tun sollen? Tat man das?

So viele Fragen. Waren die überhaupt von Bedeutung? Die Antworten waren vollkommen unklar.

In jener Nacht ging ich verletzlich und unsicher nach Hause. Ich war nicht sicher, was eigentlich passiert war, welche Kräfte ich geweckt hatte.

Der folgende Tag war ein Samstag, und ein paar Stunden nachdem Mama zur Arbeit gefahren war, kam er, die Hände in den Taschen, die Auffahrt hinauf. Man kann ihn gut ansehen, dachte ich bei mir und war erstaunt. Tom Sten hatte blondes, welliges Haar, das er nach hinten kämmte, das ihm aber trotzdem manchmal über die Augen fiel, einen geraden Blick aus blauen Augen und ein eckiges Gesicht mit schmalen Lippen und einem schiefen Lächeln, das man nur selten zu sehen kriegte.

Als ich die Tür aufmachte, zögerte er auf der Schwelle und sah mich an.

»Mochtest du es?«, fragte er.

»Ja.«

»Du schienst nicht ganz sicher.«

»Du auch nicht.«

Er sah sich um.

»Ich sollte nicht hier sein.«

»Bist du aber.«

Er kam rein und ich schloss die Tür hinter ihm.

Dieses Mal küsste er mich, oder vielleicht habe ich ihn geküsst, ich weiß es nicht. Da war es wieder, das Destruktive, ich wusste nicht, ob ich ihm etwas Böses antun wollte oder ob ich ihn wirklich mochte, als ich ihm seinen Pullover runterriss und ihn auf das alte Sofa in unserem kleinen Wohnzimmer schubste. Ich wusste nur, dass irgendetwas in mir brannte.

Ich setzte mich rittlings auf ihn und sank herunter, bewegte mich mit einer wütenden Energie, von der ich gar nicht gewusst hatte, dass ich sie in mir trug. Er sah erst erstaunt aus, doch allmählich wurde alles zu einer Art Kampf. Es war ernst, doch ab und zu konnten wir nicht anders, als uns zuzulächeln und zu lachen, und ich fuhr mit einer Hand über seine Stirn und wischte die glänzende

Schicht Schweiß weg. Was mich erstaunte, war, je mehr Widerstand wir einander boten, desto tiefer sank ich in das Schöne. Am Ende packte er fest meine Arme, und ich schloss die Augen, um einfach mitzugehen und ihn tief in mir zu spüren. Es war ein Glück, dass ich nicht wegwollte, denn das wäre nicht möglich gewesen, selbst wenn ich gewollt hätte.

Hinterher sagte er nicht viel, ich auch nicht, und bald ging er wieder. Mir wurde klar, dass ich Jungs wie Tom mochte. Das Problem war nur, dass ich mir auch schnell einbildete, in sie verliebt zu sein.

Im Verlauf des Sommers begannen Gerüchte über mich zu kursieren. Als ich merkte, dass sie von Tom kamen, war es, wie von einem Pfeil in die Brust getroffen zu werden. Ich fühlte mich schmutzig und von mir selbst angeekelt, schon der bloße Gedanke an ihn verursachte mir Übelkeit. Mir wurde klar, dass er sich vielleicht schämte, weil er etwas Verbotenes getan hatte, und das nicht nur einmal, sondern zweimal. Um ehrlich zu sein, hat mich das traurig gemacht, nicht nur deshalb, weil er ja zu mir gekommen war und nicht umgekehrt. Es hat mich traurig gemacht, weil es sich so angefühlt hatte, als würde er mich mögen.

Einmal hab ich geweint, vielleicht zweimal. Mehr habe ich meinen Augen nicht erlaubt, denn ich hatte nicht vor, mich von dem, was passiert war, in die Knie zwingen zu lassen. Seit die Schule nach den Sommerferien wieder angefangen hatte, war ich Tom ein paarmal im Gang oder auf dem Schulhof begegnet oder während der langen, kurvenreichen Fahrt mit dem Schulbus, der uns wieder hier raufbrachte. Wir haben niemals miteinander gesprochen.

Das Haus, in dem Tom und Diana wohnten, hatte zwei Stockwerke und war aus grauem Holz. Es war von Toms

Urgroßvater an seinen Großvater und dann an seinen Vater Frank vererbt worden. Als der aus Varvet abgehauen war, ist es, so nehme ich an, in Dianas Besitz übergegangen. Ihr Fahrrad stand an die Hauswand gelehnt, genau wie am Donnerstagabend, als Jakob und ich vorbeigefahren waren.

Der Boden war mit braunem und gelbem Laub bedeckt, und auf der einen Seite des Hauses fiel das Grundstück stark ab zu zwei schwarzen Torflügeln, die auf Kellerhöhe in eine Garage führten. Auf der Schräge vor dem Tor stand ein altes amerikanisches Auto aufgebockt, vielleicht ein Chevy oder ein Cadillac, und glänzte in dem bleichen Licht, das hoch oben durch das Astwerk drang. Die Motorhaube war offen, und über den Motorraum gebeugt stand Tom, das blonde Haar zurückgegelt und mit von Öl oder Schmutz dreckigen Händen. Die Silberkette baumelte in seiner Halskuhle. Er war knochig und sehnig, aber stark, das sah man ihm an. Über dem einen Kotflügel lag schwer eine dicke Lederdecke, die voller kleiner Taschen war, aus denen Werkzeug ragte.

Ich sah zum Haus und erahnte in einem der Fenster eine Frau, halb hinter einer weißen Gardine verborgen. Sie war dünn und bleich wie eine Pappfigur, das Gesicht angespannt und erstarrt. Rasch fuhr sie vom Fenster in die Dunkelheit zurück. Diana.

»Was willst du?«, war das Erste, was Tom sagte, ohne mich anzusehen.

Ich schob die Hand in die Tasche und holte den Umschlag heraus.

»Das hier ist von Jakob. Und Dan.«

Tom nahm den Umschlag. Seine dreckigen Finger beschmutzten das weiße Papier. Als er hineinsah, schien er enttäuscht über den Inhalt.

»Nicht mehr?« Er schob das Kuvert in die Hosentasche, ohne mich anzusehen. »Das war achtzehnkarätiges Gold.«

»Okay«, sagte ich so lässig, wie ich konnte, und fragte mich, wovon hier eigentlich die Rede war.

Achtzehnkarätiges Gold? Das war teuer, so viel war mir schon klar.

Wieder schob ich die Hand in die Tasche.

Da war er, ganz unten, der Pullover. Seit dem Morgen, als Tom mich besucht hatte und ich ihn unter dem Sofa gefunden hatte, lag er da drin.

»Den hast du vergessen«, sagte ich zögernd und hielt ihn ihm wie ein kleines Bündel hin.

Es war ein einfacher, langärmeliger Pullover. Irgendwann war er sicher einmal schön marineblau gewesen, doch unzählige Wäschen hatten die Farbe ausgeblichen, heller und fleckiger gemacht. Anfangs hatte ich ihn in der Tasche aufbewahrt, damit Mama ihn nicht zu Gesicht kriegte. Ich hatte vorgehabt, ihn Tom bei unserem nächsten Treffen zu geben, und dann war er einfach dageblieben.

Manchmal hätte ich ihn am liebsten in der Tonne auf unserem Hof verbrannt oder wenigstens draufgepinkelt, aber ich brachte es nicht fertig. Sicher gab es einen tieferen Grund dafür, dass ich das nicht getan hatte, ich war ja nicht blöd, aber ich wollte nicht darin herumwühlen. Man sollte nicht zu viel in sich selbst herumwühlen.

Tom hatte sich dem Auto zugewandt. Jetzt steckte er

einen Schraubenschlüssel zurück an seinen Platz in der Lederdecke. Er sah vom Motorraum zu mir und zu dem Pullover in meiner Hand. Ich konnte erkennen, dass er sich nichts mehr wünschte, als dass ich abhauen würde, aber ich blieb trotzig mit ausgestreckter Hand stehen.

»Was hast du?«, fragte er.

»Willst du ihn oder nicht?«

Er sah wieder den Pullover an. Dann riss er ihn mir grob aus den Händen.

»Bitte schön«, sagte ich.

»Danke«, sagte Tom und drehte sich um.

»Was hast *du* eigentlich?«, fuhr ich fort, und während ich auf seinen Rücken starrte, kehrten alle Gefühle des Sommers mit neuer Kraft in meine Brust zurück. »Du kannst nicht Sex mit mir haben, ohne mich hinterher eine Hure zu nennen, aber Geschäfte mit meiner Familie zu machen, ist kein Problem?«

Es klang härter, wütender, als ich mich eigentlich fühlte, aber die Grenze zwischen Enttäuschung und Zorn ist manchmal so dünn wie die Barthaare einer Katze.

Langsam wandte er sich um.

»Du weißt nicht, wovon du redest, Vega.«

»Dann erklär es mir. Was ist das für Gold, das ihr Dan verkauft? Kauft ihr auch etwas?«

Er antwortete nicht.

»Geht es um Schnaps? Sitzt du mit deiner Mutter abends zusammen und ihr trinkt euch heimlich einen an?«

Tom starrte mich an. Dann blinzelte er und holte tief Luft, wie um anzufangen zu erzählen oder mich zu bitten, zur Hölle zu fahren, aber in genau dem Moment hörte ich, wie eine Tür aufging und jemand sagte: »Tom?«

Diana Sten kam heraus, sie trug eine graue Strickjacke und ein Paar ausgewaschene Jeans, die geliehen aussahen, oder vielleicht hatte sie auch in sehr kurzer Zeit viel an Gewicht verloren.

»Tom«, sagte sie wieder. »Ist alles in Ordnung?«

»Ja. Alles in Ordnung.«

In ihrem Gesicht konnte man weder Trauer noch Wut über den Mann, der sie verlassen hatte, sehen. Während des Abkühlens schienen die Gefühle zu einer Maske, einer Verhärtung geworden zu sein.

»Geh jetzt«, sagte Tom, und in seiner Stimme schwang etwas wie ein Bitten mit.

Ich hatte nicht vorgehabt, zu gehorchen, diesmal nicht, doch als ich Diana Sten sah, war es, als würde alle Luft aus mir entweichen. Zwischen ihnen gab es etwas, das meine Neugier weckte, ich konnte es nicht benennen. Ich wollte Tom alles vorwerfen und ihn beschimpfen, aber es fühlte sich falsch an, das vor seiner Mutter zu tun.

Ich sagte nichts, nickte nur und machte mich auf den Weg zurück.

Es war ein langer Heimweg an jenem Nachmittag und nach einer Weile musste ich anhalten und pinkeln und hockte mich hinter einen Stein. Dann ging ich weiter, während es schon dämmerte, und als ich schließlich in die Auffahrt zu unserem Haus einbog, hatte ich immer noch nichts gegessen. Es zog in den Beinen, und der Rücken tat mir weh, meine Stiefel scheuerten an Zehen und Fersen, und ich hatte verdammt Durst.

Ich wusste, wo Jakob sich aufhielt. Die Polizei hatte ihn noch nicht gefunden. Das war gut zu wissen, aber zu sehen, in welch übler Verfassung er war, hatte meine Sorge nicht verschwinden lassen, sondern nur verwandelt. Ich hatte Angst, dass er etwas Dummes tun könnte, und in meinem Hinterkopf läuteten ununterbrochen die Warnglocken.

Wenn er nun abhaute? Wenn sie ihn nun festnahmen? Was sollte ich dann tun? Ich brauchte meinen Bruder in meiner Nähe, ihn zu verlieren, das wäre, als würde ich einen Arm oder ein Bein verlieren. Und Mama, was würde sie tun?

Außerdem fragte ich mich, wie ich mich eigentlich bei all dem fühlte. Das war nicht leicht rauszukriegen.

Ich zog Stiefel und Jacke aus und ging in die Küche, wo ich mir ein großes Glas Wasser eingoss und gierig trank.

»Wo zum Teufel bist du gewesen?«

Mama stand, die Hände in die Seiten gestützt, in der Tür.

»Draußen.«

»Kapierst du nicht, wie peinlich das ist, wenn die Polizei hierherkommt und fragt, wo du bist, und ich muss sagen, dass ich das nicht weiß?«

Ich erstarrte und drehte den Wasserhahn zu.

»War die Polizei schon wieder hier?«

»Ja.«

»Um mit mir zu reden?«

»Nein, mit mir. Aber sie haben natürlich gefragt, wo du bist.«

Erst jetzt sah ich die Angst, die direkt hinter ihren grünen Augen schwelte und sich mit etwas vermischte, das an Scham erinnerte.

»Tut mir leid.«

Sie trat an den Küchentisch, zog einen Stuhl heraus und setzte sich.

»Wo warst du?«

»Nur hinten bei der Wohnwagenkolonie.«

»Was hast du da gemacht?«

»Nach Jakob gesucht.«

Bei der Erwähnung seines Namens senkten sich ihre Schultern.

»Hast du ihn gefunden?«

»Nein. Hat er sich gemeldet?«

Sie schüttelte den Kopf und atmete mit einem Seufzer aus, während sie ihre Nägel betrachtete. Sie waren sauber und lang, ganz gleichmäßig.

»Ich mag es nicht, wenn du mich anlügst, Vega«, sagte sie. »Ich weiß, dass du heute beim Marbäcken warst.«

Malte. Er musste sie angerufen und gesagt haben, dass ich dort gewesen war. Ich fühlte mich wie ein Kind und es versetzte mir einen Stich irgendwo auf der Höhe meines Herzens.

»Aha«, sagte ich. »Na und?«

»Das ist keine ungefährliche Gegend. Ich will nicht, dass du da hingehst. Und«, fügte sie hinzu, »wenn du das irgendwann mal musst, darfst du nicht allein gehen.«

»Wer sollte denn mit mir kommen?«, fragte ich und machte eine ergebene Geste mit den Händen. »Du schläfst doch den ganzen Tag.«

»Weil ich arbeite, ja. Du kannst froh sein, dass ich das tue. Nicht alle hier oben ...«

»Ich weiß. Ich weiß.«

Ich nahm einen großen Schluck Wasser, und dann sagte ich noch mal: tut mir leid, nicht, weil ich es meinte, sondern weil sie es hören wollte.

»Sie wissen nicht, wo er ist«, sagte Mama. »Sie glauben, dass er abgehauen ist.« Sie blinzelte. »Weißt du, wo er ist?«

»Nein.«

»Und jetzt lügst du nicht?«

»Nein.« Ich stellte das Glas auf der Arbeitsfläche ab. »Ich würde gern baden gehen. Ich bin kaputt.«

Das Bad umschloss mich mit einer behaglichen Wärme. Es war, als würden die Gefühle und Gedanken des Tages ins Wasser hinausfließen und sich auflösen. Ich lag auf dem Rücken ausgestreckt und nach einer Weile ließ ich sogar mein Gesicht unter die Wasseroberfläche gleiten und öffnete die Augen. Hier unten war die Welt blaugrün und still, ich war plötzlich fast in Sicherheit.

Während ich so dalag, musste ich an Mama denken und dass es wahrscheinlich nicht leicht gewesen war, hier draußen aufzuwachsen, aber dass es, wenn man trotzdem hier groß geworden war, wahrscheinlich noch schwerer war, Tag für Tag auf den Beinen zu bleiben. Sie tat es, und obwohl sie rauchte und trank und obwohl Jakob und ich richtig grässlich sein konnten, schlug sie uns nie und hatte immer dafür gesorgt, dass wir mit sauberen Kleidern in die Schule gingen, dass es zu Hause Essen gab und dass wir unsere Hausaufgaben machten.

Manchmal kann man nicht mehr von seiner Mutter verlangen, und ich wusste nicht, was ich mehr von ihr hätte verlangen können, und als ich dalag, beschloss ich, zu versuchen, es sein zu lassen.

Die Gedanken fingen an herumzuwirbeln wie Schnee in

einem heftigen Unwetter. Ich dachte an Klas draußen in der Wohnwagenkolonie, wie er sich in den Schritt gepackt hatte und welche Angst ich gehabt hatte, wie erschüttert Jakob gewirkt hatte und an das ausdruckslose Gesicht von Diana Sten. Und jetzt das mit der Polizei. Ich konnte sehen, dass Mama sich wegen Jakob Sorgen machte, und ich wusste ja, dass es ihm trotz allem gut ging. Doch wenn ich das gesagt hätte, hätte das so viele Fragen zur Folge gehabt, dass am Ende alles rausgekommen wäre.

Ich dachte an die Nacht im Auto, wie ich auf dem Boden gelegen hatte. Ich erinnerte mich an das Chaos, das ganze Blut und das Haus, das Wache zu halten und mit seinen Fenstern alles zu beobachten schien.

Ich zwang mich selbst, an etwas anderes zu denken, und landete bei Tom. Erstaunlicherweise war es leichter, an ihn zu denken als an die anderen. Ich hatte mich von Tom ferngehalten, aber trotzdem versucht, Haltung zu bewahren. Ich war weiterhin auf Feste gegangen und hatte nicht vermieden, den Leuten ins Gesicht zu sehen. Ich hatte Widerstand geleistet, wenn Jungs mich angetatscht hatten, hatte sie auf die Brust geschlagen oder ins Gesicht und einem sogar das Knie in den Schritt gerammt.

Fürs Erste war nichts sonst möglich gewesen, aber nichts von all dem war sonderlich gut für mich gewesen.

Drei Jungs hatte ich seither geküsst. Mit zwei von ihnen hatte ich Sex, mit dem ersten kurz nach Tom und hauptsächlich, weil ich gelangweilt und rachelustig war. Den zweiten Jungen hatte ich Ende des Sommers kennengelernt. Er war süß, hatte nette Bartstoppeln und große Hände.

Ich machte stur, was mir gerade einfiel, weil mein Körper und wozu ich ihn benutzte ja wohl meine Sache war und nicht die von jemand anderem. Das war nicht leicht und vielleicht war es hier in Varvet noch schwerer als anderswo. Ich bin nicht an vielen anderen Orten gewesen, also weiß ich es nicht.

Ich hielt unter Wasser so lange den Atem an, bis ich nicht mehr konnte, und als ich durch die Wasseroberfläche brach, schloss ich die Augen, weil es leichter ist, Gedanken wegzujagen, wenn man sich anstrengt.

»Wo warst du heute?«

»Hab ich doch gesagt. Ich hab nach Jakob gesucht.«

»Aber wo genau warst du, abgesehen von der Wohnwagenkolonie und bei Malte?«

Ich zögerte, ich stand mit einem Handtuch um den Körper gewickelt da und war dabei, mir nach dem Bad die Haare zu bürsten.

»Das ist alles. Im Großen und Ganzen.«

»Im Großen und Ganzen?«

Ich nickte und bürstete weiter.

»Soll ich dir helfen?«, fragte sie.

»Nein, passt schon.«

»Du warst ...«, Mama lehnte sich mit verschränkten Armen an den Türrahmen, genau wie ich es immer machte, wenn ich unsicher war. »Du warst nicht bei Dan?«

»Nein.« Ich legte die Haarbürste weg. »Kannst du mal die Tür zumachen? Ich muss aufs Klo.«

Sie tat, was ich sagte. Als ich aus dem Badezimmer kam, stand sie vorm Spiegel und legte sich die Haare in Locken. Ihre Sorge wuchs, ich konnte es ihr ansehen.

Ich umarmte sie, und sie sah erstaunt aus, doch ihr Griff um mich war fest und zärtlich. Ich ging in mein Zimmer und wartete, bis sie zur Arbeit aufbrach. Ich musste mich von ihr fernhalten, sonst würde ich ihr alles erzählen.

Nachdem sie weggefahren war, ging ich in die Küche und machte mir eine Tasse Tee und ein Butterbrot, setzte mich aufs Bett und las ein paar Kapitel in einem Buch.

So saß ich immer noch da, als das Telefon in der Küche klingelte.

»Gillberg«, sagte ich. Am anderen Ende war nichts außer einem dumpfen Rauschen zu hören. Mir begann das Herz in der Brust zu klopfen. »Hallo?«

»Hi«, sagte eine zögerliche Stimme. »Ich bin es.«

»Ach.«

»Ich ...«, begann Tom, beendete den Satz aber nicht.

»Was?«

»Wie geht es dir?«

»Wieso?«

»Ich wollte es nur wissen«, sagte Tom.

»Es geht mir gut.«

Tom schwieg lange.

»Tut mir leid«, flüsterte er dann.

»Was tut dir leid?«

»Alles ... Alles nach dem Fest im Sommer. Weil ich dich ...«

Die Worte hörten auf, der Satz versickerte. Irgendwo im Hintergrund lief Musik, ich konnte eine klare, unbeständige Stimme hören, die *the little things you say and do make me want to be with you* singen hören.

»Weil du mich was?«

»Weil ich dich Hure genannt habe.«

»Das hast du nie zu mir gesagt«, erwiderte ich. »Nur zu allen anderen.«

»Ich weiß. Es tut mir leid.«

»Rufst du deshalb an?«, fragte ich.

»Ja.«

Das war nicht die Wahrheit, das war mir schon klar.

»Ich dachte ...«, begann Tom.

Im Hintergrund konnte ich hören, wie eine Stimme, die von Diana, seinen Namen sagte.

»Ach, nichts«, sagte er. »Ich muss auflegen. Ich wollte nur sagen, dass es mir leidtut.« Und dann, noch einmal: »Ach, nichts. Entschuldige.«

Es klickte im Hörer.

Ich legte das Telefon zurück, ging zu einem der Schränke, holte die Whiskeyflasche heraus, die da stand, wo sie immer stand, und schenkte mir ein Glas ein. Ich setzte mich an den Küchentisch, wo ich so viele Male zusammen mit Jakob gesessen hatte, ehe er ausgezogen war. Der Whiskey war sanft und warm, ich fühlte mich mit einem Mal unglaublich erschöpft, ich hätte einschlafen können, wenn ich mir erlaubt hätte, zu entspannen.

Ich sah aus dem Fenster. Zwischen den Bäumen blitzte etwas auf und ein Auto rollte auf die Auffahrt. An der Form der Scheinwerfer konnte ich erkennen, dass es nicht das von Jakob war, und mutmaßte, dass es die Polizei war. In dem Fall würde ich die Tür nicht aufmachen. Die würde nur Fragen stellen, auf die ich nicht antworten konnte.

Es dauerte eine Weile, bis ich eine einsame Silhouette erkennen konnte, die auf unseren Eingang zuging. Malte.

»Hallo«, sagte er, als ich die Tür öffnete. »Bist du allein?«

»Weißt du das nicht?«

»Wie meinst du das?«

»Du hast meine Mutter angerufen.«

»Ach so.«

Er schien sich zu schämen. Ich starrte ihn an.

»Ich bin keine zehn mehr, verdammt.«

»Ich weiß. Tut mir leid. Aber ich wollte ... Kann ich reinkommen?«

»Worum geht es?«

»Jakob«, sagte er nur, und eine Art Zittern ging durch meine Brust.

»Ist was passiert?«

»Nein.«

»Was ist los?«

»Kann ich reinkommen?«

Ich trat beiseite und ließ ihn rein.

Malte trug eine offene Jacke aus schwarzem Leder, die seine Schultern betonte und stark und gut roch. Ich ging in die Küche zurück und setzte mich auf den Stuhl, denselben Stuhl, wurde mir jetzt klar, auf dem Mama im Sommer gesessen hatte, als ich sie beobachtet hatte.

Nach dem Bad hatte ich nichts anderes angezogen als ein Paar bequemer, zerschlissener Jogginghosen und ein großes T-Shirt. Das bereute ich jetzt.

Ich trank von dem Whiskey, und als Malte auf Socken reinkam, hatte er immer noch die Jacke an. Das sah irgendwie lustig aus.

»Was ist?«, fragte er.

»Dicke Jacke, aber keine Schuhe. Das sieht einfach lustig aus.«

»Es fühlt sich auch so an«, erwiderte Malte und setzte sich auf den Stuhl mir gegenüber. »Irgendwie unausgewogen.« Jetzt sah er das Glas und die Flasche. »Trinkst du Whiskey?«

»Möchtest du auch einen?«

»Du bist ja witzig. Ja, warum nicht.«

Ich stand auf und nahm ein Glas aus dem Schrank. Als ich ihm den Rücken zuwandte, spürte ich, wie mich sein Blick verfolgte.

»Was ist passiert?«, fragte er.

Ich drehte mich um.

»Was meinst du?«

Malte umfasste das Glas und nahm einen großen Schluck, vom Zeigefinger bis zum Mittelfinger.

»Jakob versteckt sich oben bei mir und hat mich gebeten, die Polizei anzulügen. Er schläft kaum und isst auch fast nichts. Verdammt, er ist mein bester Freund, wir haben immer über alles reden können. Wenn was passiert ist … Wenn jemand … Egal, was es ist, ich will es wissen.«

Als er mich so ansah, musste ich mehr vom Whiskey trinken.

»Ich weiß nicht, was passiert ist«, sagte ich leise und nahm einen anständigen Schluck.

»Hat es was mit Hellman zu tun?«

Der Name ließ mich erstarren. Das musste er merken, dachte ich, wie konnte einem das entgehen?

»Was ist mit Hellman?«

»Hast du nicht gehört?«, fragte Malte. »Er ist verschwunden. Seit Donnerstagmittag, als er Besuch von einem Typen von der Versicherung gekriegt hat, hat ihn niemand mehr zu Gesicht gekriegt. Der Versicherungsmensch hat ihm ein paar Papiere zum Unterschreiben gegeben und wollte am Tag drauf wiederkommen. Da war Hellmann nicht zu Hause, und gestern Morgen auch nicht, als sie zum zweiten Mal nach dem Wochenende kamen. Sie haben die Polizei angerufen, die gestern einen Hausbesuch bei ihm gemacht und Reifenspuren im Kies auf dem Hof bemerkt hat.«

»Ach so?«

»Und die Reifenspuren passen offensichtlich zu Jakobs Auto«, fügte Malte behutsam hinzu. »Die kennen sein Auto schon seit Ewigkeiten. Ich weiß, dass Jakob mehrmals bei Hellman war und Sprit abgeladen hat. Ich dachte nur, dass ... Es ist doch wohl nicht so, dass er und Jakob in irgendwas verwickelt waren, oder?«

»Was? Wie meinst du das?«

»Ich dachte, dass Hellman vielleicht irgendwas gemacht hat, und dann war die Polizei hinter ihm her, und er ist abgehauen. Und weil sie nichts finden, suchen sie jetzt nach Jakob.«

Es wurde still zwischen uns. Reifenspuren. Mein Gott. Wie viel daraus wohl abzulesen war?

»Ich …«, fing ich an. »Hellman, nein, ich weiß nichts davon, ich glaube nicht, dass das was mit ihm zu tun hat.«

In meinem Kopf drehte sich alles. Ich versuchte herauszufinden, wie viel Malte von Hellman wusste, ob er vielleicht mehr Ahnung hatte, als es jetzt gerade den Eindruck erweckte. Er trank den Whiskey bis zu seinem Ringfinger runter. Ab und zu knackte es in den alten Rohren des Hauses. Das war jedes Mal so, wenn man duschte, manchmal noch mehrere Stunden danach. Ob Malte das wusste? Hatte er das Geräusch schon mal gehört? Vielleicht nachdem er und Mama zusammen gebadet oder geduscht hatten?

Ich betrachtete seine Finger.

»Was ist?«, fragte er.

»Nichts.«

Malte leerte das Whiskeyglas.

Die Hand eines toten Menschen, Schatten in der Finsternis.

Zum ersten Mal kam mir der Gedanke, dass es irgendwo ein frisches, namenloses Grab geben musste, an dem ich heute im Verlauf des Tages vielleicht vorbeigegangen war, ohne es zu bemerken.

Hellman hat jemanden getötet, dachte ich, wie ich da im Auto meines Bruders auf dem Boden lag und nach Luft rang. Und nun nahm er die Hilfe von Dan und meinem Bruder in Anspruch, um die Leiche loszuwerden.

Jakob wendete, um wieder auf die Straße zu kommen. Der Wagen krängte und schaukelte heftig, über mir bewegte sich die tote Hand hin und her. Ich versuchte, nicht hinzusehen, doch das war unmöglich, genau, wie wenn man Zeuge einer Schlägerei oder eines Unfalls wird.

Hellman hat jemanden getötet, wiederholte ich für mich und konzentrierte mich aufs Atmen. Oh Gott, ich habe noch nie einen toten Menschen gesehen, was soll ich tun?

Das Einzige, woran ich denken konnte, war, wem die Hand wohl gehörte. Vielleicht seiner Frau, ja, sie musste zurückgekommen sein oder so und wieder in Hellmans Fänge geraten sein. Oh Gott, dachte ich und fand ihn so widerlich, dass ich am liebsten vor Wut geheult hätte.

Jakob bog auf die Straße ein und beschleunigte ordentlich. Der Motor dröhnte und der Boden vibrierte. Über mir konnte ich, abgesehen von der Hand, durch die hintere Seitenscheibe die Baumkronen vorbeisausen sehen, bis sie zu einem verschwommenen Brei wurden.

»Komm hoch«, hörte ich Jakob flüstern. »Klettere hierher auf den Vordersitz.«

Vorsichtig schlängelte ich mich hoch, aus Angst, die Hand zu berühren. Als ich mich aufrichtete, um den Schritt nach vorn auf den Beifahrersitz zu machen, stieß ich mir den Kopf an der niedrigen Decke und biss mir dabei auf die Zunge. Der Schmerz war scharf und schneidend, ich verspürte den Geschmack von Blut im Mund, war aber dankbar, dass ich nun etwas anderes hatte, worauf ich mich konzentrieren konnte.

Ich sank auf dem Beifahrersitz zusammen und spuckte Blut auf den Boden. Dann wandte ich den Kopf, um einen Blick auf die Leiche zu erhaschen, die da hinten lag.

Der Bauch war mit Blut bedeckt und glänzte feucht und dick. Hellman musste den anderen in den Bauch geschnitten oder geschossen haben, dachte ich, und erst als ich den weißen Bart sah, wurde mir klar, dass ich mich geirrt hatte.

Hellman hatte niemanden getötet.

Jemand hatte Hellman getötet.

Vielleicht war es der Whiskey oder Malte oder der unendlich lange Tag, jedenfalls konnte ich die Furcht in meiner Brust spüren. Schwer wie ein Stein und so deutlich, dass es hinter meinen Augen brannte.

Ich blinzelte wieder und wieder, und der Rotz schoss mir in die Nase, sodass ich schniefen musste.

»He«, sagte Malte und erhob sich. »Ist schon in Ordnung.«

»Nein, ist es nicht.«

Ich stellte mich hin und ließ Malte seine Arme um mich legen.

Das Leder der Jacke knarrte angenehm, es roch stark, aber beruhigend, und ich erlaubte mir, mich auf seinen Brustkorb sinken zu lassen. Irgendwo da drinnen schlug sein Herz, ich konnte es hören und legte sachte meine Arme um seine Taille, unter der Jacke, aber über dem Pullover.

Ich streichelte Malte vorsichtig den Rücken, und er hatte die Hände um meine Schultern, legte sie aber dann auf meine Taille. Als er seine Lippen auf meine Stirn legte, tat er das, wie ein Vater es tun würde, der seine Tochter umarmte, was mich ein wenig enttäuschte.

Ich streckte mich und küsste ihn in die Halskuhle. Meine

Hände zitterten. Er murmelte etwas, hatte das Gesicht in meinen Haaren, weshalb ich ihn nicht verstand.

»Was hast du gesagt?«, flüsterte ich.

»Das kannst du nicht machen«, begann er, doch als ich ihn weiter auf den Hals küsste, verstummte er nur und atmete aus.

Ich hatte die Augen geschlossen und öffnete sie nicht, denn in meinem Kopf drehte sich alles, und ich war überzeugt davon, dass die Welt schwanken und den Moment in der Mitte zerbrechen würde. Es ging weniger darum, dass es Malte war, sondern mehr um das, was er mit mir tun sollte. Da geschah etwas Seltsames: Während ich mit geschlossenen Augen dastand, war es, als würde sich Maltes Körper verwandeln und zu dem von Tom werden. Eine heftige Wärme breitete sich zwischen meinen Leisten aus und verwirrte mich.

»Willst du nicht?«, fragte ich und sah ihn an. Ich merkte, dass sich etwas wie ein undurchsichtiger Schleier über seinen Blick gezogen hatte.

»Was willst denn du, Vega?«

»Ich will einfach mal einen Moment lang nicht nachdenken müssen.«

»Du bist seine *Schwester*«, sagte Malte.

»Mütter sind kein Problem, aber Schwestern?«

Er erstarrte.

»Du weißt davon«, sagte er, ließ mich los und wich einen Schritt zurück.

»Seid ihr zusammen, oder was?«, fragte ich.

»Nein, sind wir nicht.«

»Ihr hattet also nur Sex.«

Er stand betroffen da und sah mich an.

»Ich sollte wohl mal gehen.«

»Ja«, sagte ich, und wieder spürte ich, wie die Wut in mir aufflammte, wie sie Angst und Furcht auf eine Weise ersetzte, die sich erstaunlich schön anfühlte. »Das solltest du.«

Jakob setzte mich einen knappen Kilometer von unserem Haus entfernt ab. Die Leiche des widerlichen Mannes lag bleich und blutig hinten, und ich hatte keine Ahnung, warum oder wie das möglich war. Ich hatte ihn doch durchs Fenster gesehen. Oder? Alles war so schnell gegangen, ich hatte nur einen Blick auf eine Schulter, einen Arm erhascht. War das Einbildung gewesen?

Das war in der Nacht zum Freitag. Seither bin ich jede einzelne Nacht schwindelig und verschwitzt aufgewacht, nachdem ich von Lars Hellman, seinem Haus und seinem Tod geträumt hatte und von der schlaffen Hand, von der mir Blut ins Gesicht tropfte. Das folgende Wochenende lief ich in einem seltsamen Dämmerzustand herum, betäubt von etwas, das vielleicht Schock war, zumindest zu Beginn. Ich wusste nicht, ob ich mich irgendeines Verbrechens schuldig gemacht hatte, war aber sicher, dass dies auf Jakob zutraf.

Ich war überzeugt, dass wir jederzeit entlarvt werden würden, dass, wenn ich am wenigsten damit rechnete, hinter meinem Rücken ein Martinshorn ertönen würde und dass mir, wenn ich mich dann umdrehte, das Blaulicht ins Gesicht flackerte. Dass ich meinen Bruder anrufen würde und dass endlich jemand ranging, aber ich dann eine fremde Stimme in meinem Ohr hören würde, eine Stimme, die dem Polizisten gehörte, der ihn festgenommen hatte.

Doch in den ersten Tagen geschah nichts. Als nach dem Wochenende Polizeiinspektor Viktor Franzén an unserer Tür aufkreuzte, hatte ich schon angefangen zu glauben, dass man vielleicht auch mit dem schlimmsten aller Verbrechen davonkommen konnte und dass der Schuldige nicht immer seine gerechte Strafe bekam. Wenn der, über den man herfiel, nur ausreichend böse oder einsam war, um nicht vermisst zu werden, konnte man sein ganzes Leben mit einem derartigen Geheimnis verbringen.

Aber das bildete ich mir vielleicht bloß ein.

Als ich erwachte, war es schon neun Uhr morgens. Mein Schlaf war unruhig gewesen. Wieder und wieder hatten mich gefährliche Träume geweckt.

Ich überlegte, zu duschen, aber mein Kopf war schwer, mir war fast schwindelig und ich ließ es bleiben. Ich konnte immer noch Maltes Arme um mich spüren, seinen Rücken an meinen Handflächen, und als ich die Augen schloss, sah ich sein Gesicht vor mir und wie er einen Schritt zurückwich und mich allein ließ.

Ich war danach ins Bett gegangen und hatte versucht, mich zu entspannen, indem ich onanierte, aber das hatte nicht geklappt. Maltes trauriger Blick hatte mich abgehalten. Das frustrierte mich und machte mich wütend.

Ich zog meine Jeans an, ein Flanellhemd und eine große Strickjacke. Ich trank ein Glas Wasser und ging raus, um eine Zigarette zu rauchen. Der Himmel war wolkenverhangen und grau, er wirkte ganz nah.

Ich verbrachte zwei Stunden damit, das Vorderrad des alten Crescent-Fahrrads auszubauen, den Schlauch rauszuholen und ihn Stück für Stück unter Wasser zu halten, bis ich das Loch gefunden hatte. Ich flickte es, schob den Schlauch in den Mantel zurück und montierte das Rad wieder dran. Ich pumpte beide Reifen auf, checkte die Kette und ölte sie ein wenig.

Das Fahrrad hatte weder Reflektoren noch Gänge, das Plastik in einem der Pedale war gesprungen, aber es war trotzdem besser, als zu laufen.

Ich schrieb einen Zettel für Mama und legte ihn auf den Küchentisch. Als ich losfuhr, war es fast Mittag, und ich dachte, ich müsste eigentlich hungrig sein, aber eine seltsame Leere füllte mich von innen und außen aus, und ich wusste bei ziemlich vielen Sachen nicht mehr, was ich spürte. Irgendwie fingen die Grenzen an zu verwischen.

Am meisten störte mich nicht, *was* passiert war, sondern *warum* es wohl passiert war.

Meine Gedanken kehrten zu den Fehden und Konflikten der Gegend zurück. Niemand mochte Hellman. Deshalb war es noch schwerer, die Frage zu beantworten. Nachdem Jakob und ich Hellmann im Sommer besucht hatten, hatte ich noch mehr Details über ihn erfahren. Zwar hatte ihn seine Frau verlassen, weil er sie geschlagen hatte, doch hatte sie das nicht aus eigenem Antrieb getan. Offensichtlich hatte er sie so schlimm verprügelt, dass sie ins Krankenhaus gebracht werden musste, und das Personal dort hatte ihr geholfen, zu einem Frauenhaus Kontakt aufzunehmen. So war sie da rausgekommen. Auf dem Revier in der nächstgrößeren Stadt wurde daraufhin Anzeige erstattet, aber die war nicht weiterverfolgt worden, weil die Frau nicht aussagen wollte.

Vielleicht war es nicht rechtmäßig, dass ein Mann wie Hellman starb, niemand verdiente das. Doch es war auch nichts, worin man herumstocherte, zumindest nicht, solange man selbst vermeiden konnte, ein Teil davon zu sein.

Jakob und ich waren in etwas hineingezogen worden, womit wir, soweit ich das überschauen konnte, nichts zu tun hatten. Es brachte die Gefahr mit sich, dass ich meinen Bruder verlor, und das machte mir die meiste Angst.

Wer hatte Lars Hellman getötet? Warum? Wenn ich das rauskriegte, würde ich Jakob helfen können, ich würde ihn schützen können, wenn es erforderlich wäre. Zumindest glaubte ich das.

Wo war mein Bruder mit der Leiche hingefahren? Das wusste ich auch nicht.

Hellman. Es war ein seltsames Gefühl, ständig an einen Menschen denken zu müssen, den man so wenig mochte.

Als Onkel Dan nach Varvet zurückgekehrt war, nach diesem Unfall im Hafen, bei dem er seinen Arm verloren hatte, war ich sechs Jahre alt gewesen. Ich erinnere mich, dass Papa, Jakob und ich ihn unten im Ort abholten, wo er mit dem Bus angekommen war. Papa schwieg während der Fahrt, doch das tat er meistens.

Ich erinnerte mich, wie es in dem Auto roch, dass es Winter war und kalt. Dan stand mit einer Tasche über der rechten Schulter da. Er war ein hoch aufgeschossener Mann, der bedeutend magerer war als der Onkel, den ich auf Fotos gesehen hatte. Papa und er begrüßten einander. Dan sah von Jakob zu mir, und in seinem Blick war eine Stummheit, wie das Geräusch, wenn man eine Faust ballt und auf eine Ziegelsteinmauer schlägt.

Wir fuhren zurück, Dan auf dem Beifahrersitz und Jakob und ich auf dem Rücksitz, und als wir nach Varvet raufkamen, fing Dan an, Papa zu dirigieren:

»Hier links.«

»Fahr am Nattflysjön entlang.«

»Weiter rauf zum Marbäcken.«

»Links an der Armenbaracke vorbei.«

Wir fuhren immer tiefer in den Wald hinein, bis die

Tannen so dicht und hoch standen, dass es im Auto ganz dunkel wurde. So tief im Wald war ich noch nie gewesen, und als mir das aufging, bekam ich Angst.

»Da«, sagte Dan und zeigte mit der Hand. »Hinter der Lichtung da.«

»Es wird unnötig lange brauchen, hin und her zu fahren«, sagte Papa.

»Das ist es wert, wenn man dafür seine Ruhe hat.«

»Wir müssen die Sachen installieren. Außerdem muss es so umgebaut werden, dass man drin wohnen kann.«

»Aber man hat seine Ruhe.«

Papa sah Dan an und machte den Mund auf, als wollte er etwas sagen, schien aber nicht zu wissen, welche Worte er benutzen sollte. Lange schwieg er, bis er schließlich sagte:

»Schnaps ist Franks Sache.«

»Frank Sten«, erwiderte Dan und schnaubte, als handele es sich um einen Fluch. »Für den Kerl hab ich nicht viel übrig.«

Ich streckte mich und kniff die Augen zusammen. Ein Stück entfernt konnte ich zwischen den massiven Baumstämmen eine kleine Öffnung erahnen. Der Boden war braun von Erde, Tannennadeln und Steinen, und ganz am anderen Ende der Lichtung konnte ich die Konturen von etwas erkennen, das wie ein Schuppen aussah.

»Im Hafen«, sagte Dan plötzlich, »kamen manchmal große Schiffe aus dem Ausland rein. Ich hab immer dagestanden und gedacht, dass ich eines Tages den Mut haben würde, bei einem an Bord zu gehen und abzuhauen, mich in der Welt umzusehen. Vielleicht würde ich sogar auf dem

Schiff arbeiten können, ganz gleich was für ein Scheißjob, alles wäre okay gewesen. Ich habe immer gedacht, dass ich auf einer der Reisen eine Frau kennenlernen würde und dass ich mich ziemlich in sie verlieben würde. Stattdessen ...«

Er verstummte und betrachtete die Lichtung. Ich sah zu Jakob, der mit den Schultern zuckte.

»Es kommt nicht alles so, wie man es sich denkt«, sagte Papa.

»Nein«, erwiderte Dan, »das tut es nicht.«

Ohne ein weiteres Wort wendete Papa den Wagen.

Als ich auf dem Fahrrad saß und die Straße entlangstrampelte, dachte ich daran, wie ich zum ersten Mal in Svartmon gewesen war. So hieß der Teil von Varvet, in dem Onkel Dan sich niedergelassen hatte. Das war jetzt viele Jahre her, aber ich erinnerte mich, wie sehr mir der Ort damals Angst gemacht hatte. Vielleicht hielt ich mich deshalb lieber fern. Jakob, der mehrere Male in der Woche rauffuhr, fand das lächerlich.

Zu Anfang knarrte und quietschte das Fahrrad, schien bald aber wie ein steifer Muskel geschmeidig zu werden. Ich fuhr in den Wald hinauf, am Marbäcken vorbei. Zwischen den Bäumen konnte ich Maltes Hütte erahnen. Die Fenster waren dunkel. Ich konnte weder ihn noch Jakob sehen, vielleicht versteckte sich mein Bruder vorübergehend woanders. Oder die Polizei hatte ihn gefunden.

Ich schob den Gedanken beiseite.

Bald befand ich mich tief im ältesten Teil des Varvswaldes. Hier drinnen war es so finster, dass ich mir eine Lampe ans Fahrrad wünschte.

Vielleicht habe ich deshalb aus den Augenwinkeln Schatten gesehen, Schatten, die sich bewegten. Wesen, die lautlos von Baum zu Baum huschten, mir folgten und sich hinter den Baumstämmen verbargen.

Furcht loderte in meiner Brust auf, und ich versuchte, schneller zu fahren, aber die dicken Wurzeln der Bäume schlängelten sich über den Weg und machten ihn noch holpriger. Im Nebel keuchten die Bilder schnell wie Herzschläge vorbei: das widerliche Grinsen von Lars Hellman, seine tote Hand, das ganze Blut und der kalte Blick von Polizeiinspektor Viktor Franzén, die Silhouette, die ich zwischen den Bäumen hatte hindurchrennen sehen, als Jakob und ich zu Hellmans Haus gefahren waren.

Um mich herum hörte ich das Knacken und Surren, das Ticken und Flüstern und Knurren des alten Waldes, und mit einem Mal war ich ganz sicher, dass er Zähne hatte, dass hinter mir ein riesiges Maul seine Kiefer aufriss, und ich fuhr im Stehen weiter. Langsam taten mir die Oberschenkel weh, in meinen Händen schwankte der Lenker heftig und schmerzhaft, wenn das Vorderrad in Löcher krachte oder über harte Wurzeln fuhr.

Alles fing an sich zu drehen, ich wusste nicht mehr, wo ich mich befand, als ich eine Stimme im Wald meinen Namen flüstern hörte. Sie gehörte keinem einzelnen Wesen, sondern schien aus allen Richtungen gleichzeitig zu kommen oder aus meinem eigenen Kopf. Die Schatten wuchsen, kamen näher, begannen sich über mich zu senken, und mir wurde klar, dass ich hier nur rauskommen würde, wenn der Wald es zuließ. In meinen Ohren pochte der Puls fest und schnell. Mit einem Mal wurde es ungeheuer kalt, ich spürte die Hitze meines eigenen Atems im Gesicht.

Dann hielt alles an, plötzlich, wie wenn man einen Film anhält. Mein Fahrrad fuhr nicht mehr weiter. Ich musste gegen irgendetwas gefahren sein, dachte ich, vielleicht gegen einen großen Stein oder eine große Baumwurzel, über die das Fahrrad nicht hinwegkam. Ich ließ los und fiel nach vorn, über den Lenker und durch die Luft. Ich hielt den Atem an.

Keuchend lag ich auf dem Rücken und starrte zu dem Dach aus Tannen, das den Himmel verdeckte. Ich setzte mich auf. Mein Nacken schmerzte zwar, doch nicht so schlimm, wie ich befürchtet hatte. Es tickte und surrte weiter aus dem Wald, aber ich vernahm keine Schatten mehr hinter den Stämmen in meiner Nähe, hörte niemanden meinen Namen flüstern.

Stattdessen hörte ich, wie eine Tür oder ein großes Fenster knarrte und dann abrupt hinter mir zugeschlagen wurde. Ich wandte den Kopf.

Der Mann hielt ein Bündel Scheine in der einen Hand, die ihm noch geblieben war. Er trug keine Prothese, sodass der linke Pulloverärmel leer an seiner Seite herunterhing. Er war hoch aufgeschossen und sehnig mit einem gemeinen Gesichtsausdruck, wie eine Vogelscheuche, der man nicht zu nahe kommen wollte. Aus der Zigarette im Mundwinkel stieg Rauch auf, die Haare waren staubgrau, und im Dunkel von Svartmon erkannte ich das Stumme, das den Blick meines Onkels immer noch ausmachte.

»Was zum Teufel machst du hier?«

Als ich mich hinstellte, brannte mein Rücken, ich musste kämpfen, um das Fahrrad aufzuheben.

»Nichts«, gab ich zurück, aber meine Stimme war viel zu zittrig, als dass er mir hätte glauben können. Langsam schob ich das Fahrrad weiter. »Ich bin bloß umgefallen.«

»Was zum Teufel machst du hier?«

»Ich muss mit dir reden.«

»Wieso?«

»Können wir reingehen?«

»Was ist los mit dir, Mädchen? Du siehst völlig fertig aus.«

»Der Wald …« Mit einem Mal kam ich mir lächerlich vor. »Es ist nichts. Ich bin bloß umgefallen.«

»Der Wald hier ist tief und gut«, sagte Onkel Dan. »Tief und gut, aber seltsam.«

Die Worte ließen das Unbehagen zurückkehren. Wenn nun er es gewesen war, der Hellman getötet hatte? Er war schließlich da gewesen, ich hatte seine Stimme gehört.

Der süßsaure Geruch von Maische wuchs an, bis er so stark war, dass ich Kopfschmerzen bekam und mir schlecht wurde. Ich sah mich nach Jakobs Auto um, konnte es jedoch nirgends sehen. Gestern hatte Jakob noch behauptet, es würde hier oben stehen; wenn dem so war, dann hatten sie es gut versteckt. Vielleicht war mein Bruder auch inzwischen hier gewesen und hatte es geholt.

Hinter dem Schuppen mit der Vorbereitungs- und Destillieranlage wartete das Haus, in dem Onkel Dan wohnte. Es war wahrscheinlich genauso alt wie der Schuppen, war aber repariert und umgebaut worden, die Tür war neuer, und das Dach sah weniger kaputt aus. Um den Eingang herum lagen alte Kanister und Reifen, Säcke mit Erde und anderem, wovon ich nicht wusste, was es war, und massenhaft leere Flaschen.

Ich trat über die Schwelle. Weil der Boden so dreckig war, machte ich mir nicht die Mühe, die Schuhe auszuziehen, sondern knöpfte nur die Jacke auf. Die Möbel in jedem Zimmer waren alt und schlecht, die Tapeten verblichen wie der Aufdruck auf einem billigen Pullover, den man zu oft gewaschen hatte.

Onkel Dan war in die Küche gegangen und saß jetzt an einem alten Esstisch, wo er wieder dazu übergegangen war, die Scheine zu zählen. Auf dem Tisch flimmerte ein leise gestellter Fernseher, und es dauerte ein Weilchen, bis ich begriff, dass ein Kochprogramm lief. Neben Dan stand ein großer, schwarzer Aschenbecher.

»Setz dich.«

Ich zog den Stuhl neben dem von Dan heraus und tat, was er gesagt hatte.

»Warum kommst du hierher?«

»Die Polizei sucht nach Lars Hellman.«

»Ach so.«

»Sie sagen, er sei verschwunden. Wusstest du das nicht?«

»Kann sein, dass ich davon schon gehört habe.«

»Aber ich weiß, dass er tot ist«, sagte ich.

»Er soll tot sein? Das erstaunt mich nicht.« Dan legte die Scheine weg, klopfte die Zigarette im Aschenbecher ab und sah mich nachdenklich an. »Wann war das letzte Mal, dass du deinen Vater gesehen hast?«

Er stellte die Frage so, als würde er mich bitten, rauszugehen und nachzusehen, ob es regnete, und vielleicht überrumpelten mich seine Worte deshalb.

»Wieso?«

»Ich wollte es nur wissen.«

»Was hat das mit der Sache hier zu tun?«

»Nichts. Ich wollte es nur wissen.«

»Ich ... Seit er abgehauen ist, nicht mehr. Er ist nie wieder hergekommen.«

»Du hast ihn auch nicht aufgesucht.«

»Er war derjenige, der abgehauen ist.« Ich sah zu den Scheinen, Hunderter und Fünfhunderter, zusammengenommen mehrere Tausend. »Es hat keinen Sinn, mir ein schlechtes Gewissen machen zu wollen«, fügte ich hinzu und suchte in meiner Tasche nach Zigaretten.

Dan schob sein Päckchen zu mir rüber. Ich nahm eine von ihm und zündete sie an, zog den Aschenbecher zu mir und nahm schweigend ein paar Züge. Es war seltsam, das Schweigen, auf eine komische Weise gleichzeitig bedrohlich und familiär.

»Wenigstens waren wir auf der Beerdigung«, sagte ich schließlich. »Das ist mehr, als man von dir sagen kann.«

Das ließ Dan höhnisch und müde auflachen.

»Ich habe für Beerdigungen nicht viel übrig«, sagte er. »Die erinnern mich nur daran, dass ich eines Tages auch sterben werde. Vielleicht nicht durch einen Schlaganfall, wie dein Vater ...« Er sah mich an. »Vermisst du ihn?«

»Manchmal. Warum ist Hellman getötet worden?«

»Kleines Mädchen«, sagte Dan, drückte die Zigarette aus und kratzte sich die grauen Bartstoppeln. »Was machst du?«

»Ich will einfach nur wissen, was passiert ist.«

»Soweit ich weiß, ist der Kerl nicht tot, sondern nur verschwunden. Das ist, was ich gehört habe. Aber«, fuhr er fort, »sagen wir mal, ich wüsste, dass er tot wäre, was ich also nicht tue. Nehmen wir mal weiter an, dass ich in dieser Sache so privilegiert wäre, dass ich sogar wüsste, warum er das wäre. Sagen wir mal, ich würde es dir erzählen, was ich also nicht kann, weil ich es nicht weiß. Wozu würdest du diese Information denn benutzen wollen?«

»Hast ...«, sagte ich, kam jedoch nicht weiter. Mir war schließlich klar, dass er log. Onkel Dan wusste in jedem Fall, *was* passiert war, weil er da gewesen war, aber deshalb verstummte ich nicht. *Hast du es getan? Warum?* Ich war so kurz davor, es zu fragen, konnte jedoch nicht. Stattdessen sagte ich: »Ich will es einfach nur wissen. Ich muss es einfach nur erfahren.«

»Warum?«

Weil ich da war, dachte ich. Weil Jakob und ich in etwas reingezogen worden sind, was wir immer noch nicht begreifen können. Weil ich Gefahr laufe, meinen Bruder zu verlieren, wenn die Wahrheit nicht ans Tageslicht kommt.

Und dann gab es einen weiteren Grund, von dem niemand etwas wusste.

Es war nämlich so, dass, nur drei Tage bevor jemand Lars Hellman das Leben genommen hatte, er meines gerettet hatte.

Ich hatte einen langen und einsamen Tag in der Schule gehabt, und als ich mit dem Bus nach Varvet zurückgekommen war, wusste ich nicht, was ich tun sollte, also lief ich einfach. Irgendwann landete ich oben am Armensumpf, ich stand schweigend da, während sich der weiße Himmel im schwarzen, stillen Wasser spiegelte. Der Sumpf war groß und wurde von der alten Natur eingerahmt. Die Erde an seinem Rand war glitschig und glatt, wenn man sich vorbeugte, sah man, wie die Tiefe zurückstarrte, mehr wie ein Brunnen als wie ein Sumpf. Ich hatte Kopfhörer auf und Musik in den Ohren, einen traumhaften Chor von Stimmen, die *it ain't often that you'll ever find a friend* sangen. Dann machte ich einen Schritt vor und merkte, wie meine Stiefel in die Erde einsanken.

Ich verlor den Boden unter den Füßen. Der Grund gab nach, unerwartet und schnell, als würde er sich ein wenig zurechtschieben, damit ich auch bestimmt in den wartenden Abgrund fiel.

Das war das Gefährliche am Sumpf, nicht, wie tief er war

oder wie kalt sein Wasser, sondern wie unzuverlässig der Grund war. Ich hatte schon von Leuten gehört, die zufällig reingefallen waren und versucht hatten, sich wieder hochzukämpfen, indem sie sich an Grassoden oder Schilf geklammert hatten, ohne Erfolg. Das Gras gab nach. Das Schilf riss aus. Vielleicht war es schon welchen gelungen, sich wieder rauszuarbeiten, doch diese Geschichten wurden nie erzählt. Das Einzige, was man hörte, war das kalte Wasser, die unendliche Tiefe des Sumpfes und wie Erde und Gras und Bäume dabei halfen, einen zu verschlingen.

Ich versuchte, mich zurückzulehnen, aber ein unsichtbares Gewicht zog mich nach vorn, runter zur glatten Wasseroberfläche. Mir wurde klar, dass ich viel zu viele Kleider anhatte, um mich je wieder hochziehen zu können. Die Sachen würden nass und schwer werden, unmöglich auszuziehen, und ich würde mich nach nichts ausstrecken können, nach keinem Ast und keinem Bündel Schilf. Ich wusste, dass es vorbei war, dass es ein schrecklicher Fehler gewesen war, hierherzukommen.

Als die Panik von mir Besitz ergriff, machten meine Ohren etwas, womit ich nicht gerechnet hatte: Sie gingen zu. Ich schloss die Augen.

Da packte mich jemand am Jackenkragen und zog mich nach hinten, so fest, dass ich keine Luft mehr bekam. Ich fiel zu Boden. Die Kopfhörer wurden rausgerissen. Über mir stand eine verschwommene, mit einem Gewehr bewaffnete Gestalt.

»Vorsicht«, sagte Lars Hellman. »Was machst du hier oben?«

»Nichts«, brachte ich hervor.

»Bist du allein?«

»Wieso?«, zischte ich. »Sehen Sie sonst noch jemanden hier?«

Hellman kniff die Augen zusammen.

»Du bist wirklich ein unfreundliches Luder.«

Er war ein unangenehmer, fieser Mann, aber möglicherweise hatte er mir das Leben gerettet, das begann ich zu begreifen, als sich die erste Schockwelle legte.

»Entschuldigung.«

Er schnalzte kalt mit der Zunge und nickte zum Boden.

»Vor wenigen Stunden ist hier ein großer Elchbulle vorbeigekommen. Sei vorsichtig.«

Dann, ohne ein weiteres Wort oder dergleichen, drehte er sich einfach um und ging weg, ging immer weiter. Fassungslos starrte ich ihm nach.

Es war das erste Mal seit jenem Abend im Sommer, dass ich Hellman begegnete, und das letzte Mal, dass ich ihn lebendig sah.

Wahrscheinlich hatte er mir das Leben gerettet, ich weiß nicht, steht man bei solchen Menschen in der Schuld? Das war auf jeden Fall ein unangenehmes Gefühl, denn die Tatsache, dass ich wegen Hellman noch am Leben war, änderte nicht wirklich etwas daran, dass ich ihn widerlich fand. Es machte mich nur unsicher, wer er war.

Wer er gewesen war.

Das war verwirrend. An solche Sachen, die alles auf den Kopf stellen, will man am liebsten nicht denken. Ich sagte nichts davon zu Onkel Dan, sondern saß nur da und starrte ihn an, während sich Kälte in meinem Bauch ausbreitete. Ich wollte nicht verraten, dass ich an jenem Abend dabei gewesen war, dass ich Dans Stimme gehört hatte. Ich war nicht ganz sicher, ob er mir dann etwas antun würde. Hellman hatte mir Angst gemacht, ja, aber nicht auf die Weise, wie Onkel Dan es tat.

Er beugte sich auf dem Stuhl vor. Die Bewegung versetzte den leeren Ärmel in ein sanftes Schaukeln. Die Zähne in seinem Mund waren gelb und wiesen in unterschiedliche Richtungen. Ich nahm einen Zug von der Zigarette und klopfte sie vorsichtig am Aschenbecher ab, während Dan wieder dazu überging, sein Geld zu zählen. Erst als er sich auf dem Stuhl anders hinsetzte, sah ich das Jagdmesser. Es lag in Reichweite auf der Arbeitsfläche neben ihm, groß, mit einem für die Hand geformten Schaft, und die Klinge glitzerte im schwachen Schein der Deckenlampe.

»Du siehst ängstlich aus, mein Mädchen«, sagte Dan.

»Nenn mich nicht so.«

»Wie soll ich dich dann nennen?«

»Du weißt, dass Hellman tot ist, oder?«, sagte ich.

Dan zuckte mit den Schultern.

»Solange mich das nicht betrifft, ist es mir scheißegal.«

»Betrifft es dich denn nicht?«

»Oje«, sagte Dan.

»Was?«

»Das hat sich aber nicht so gut angehört, Vega.«

»Hast du Geschäfte mit ihm gemacht?«

»So viele Fragen«, sagte Dan schleppend und wedelte mit der Hand. »Ja, wir haben Geschäfte gemacht. Das weißt du doch, ich habe dem Kerl Sprit verkauft.«

»Und abgesehen davon?«

Dan runzelte die Augenbrauen.

»Abgesehen davon hatten wir keine Geschäfte miteinander, soweit ich weiß. Wieso?«

»Du weißt, dass die Polizei im Kies vor Hellmans Haus Reifenspuren gefunden hat? Sie haben die mit Jakobs Auto in Verbindung gebracht.«

»Wo hast du das gehört?«

»Malte hat es erzählt.«

»Malte«, schnaubte Dan. »Das ist ein verdammter Quatscher. Auf den kann man sich nicht verlassen.« Er kniff die Augen zusammen. »Wo wir gerade davon sprechen: Ich habe gehört, dass meine Nichte für den einen oder anderen jungen Mann hier in der Gegend die Beine breitgemacht haben soll.« Dan grinste. »Hätte ja nicht gedacht, dass du mal eine richtige Hure werden würdest.«

Kann sein, dass er mich bewusst provoziert hat, damit ich aufhörte, nach Hellman zu fragen. Es funktionierte, in mir flammte Wut auf, und Dan bemerkte offenbar, dass ich auf dem Stuhl erstarrte. Er wandte langsam den Kopf und grinste.

»Da ist sie, die Wut. Ich habe mich schon gefragt, ob du vielleicht die Einzige von uns bist, die sie nicht geerbt hat.«

Ich stand auf, ging zur Tür, und wandte mich noch einmal um.

»Ich weiß, was mit Hellman passiert ist.« Ich konnte nicht erklären, warum ich so wütend wurde, warum der Zorn sich nicht legte, warum ich mit irgendetwas nach ihm werfen wollte. »Ich *weiß*, dass du dort warst. Ich weiß es«, fügte ich hinzu, »denn ich war auch da.«

»Ehrlich?«

»Ja.«

»Hm.« Er drehte sich auf dem Stuhl, nahm das Jagdmesser hoch und zog den Umschlag darunter hervor. »Pass auf, was du sagst. Es gibt viel, was du nicht weißt. Und jetzt verschwinde, mein Mädchen.«

Auf dem Rückweg rief ich zweimal bei Jakob an, doch er ging nicht ran. Ich musste mit ihm reden, wusste nicht, an wen ich mich sonst wenden sollte. Das alles für mich und in meinem eigenen Kopf zu behalten, ging nicht mehr.

Wenn die Polizei Jakob nun schon gefunden hatte? Wenn sie ihn festgenommen und dazu gebracht hatten, alles zuzugeben? Was würde dann passieren?

Die Angst hatte in mir Wurzeln geschlagen, sie weigerte sich, loszulassen.

Als ich bei unserem Haus ankam, wurde es dunkel. Alles, meine Kleider, meine Haare und meine Haut stanken nach Maische, im Kopf drehten Gedanken und Fragen eine Runde nach der anderen. Ich hatte vergessen, Dan nach seinen Geschäften mit Diana und Tom zu fragen, nach dem Umschlag, den ich tags zuvor bei ihnen abgegeben hatte.

Die Begegnung mit meinem Onkel hatte mich wütend gemacht und verwirrt, wahrscheinlich habe ich deshalb das getan, was ich getan habe.

Ich bin an unserem Haus vorbeigegangen, weiter zum Nattflysjön und runter nach Krakasa. Ein stärker werdender Herbstregen schloss sich allmählich um mich und ich wurde von einem Schauder ergriffen.

Krakasa lag in einem unruhigen Schlummer, vielleicht wegen Hellmans Verschwinden, aber vermutlich, weil die Polizei hier gewesen war und an alle Türen geklopft hatte. Niemand bekam gern Besuch von denen und danach waren alle nervös oder schlechter Laune. Meist beides.

Zwischen den Häusern waren jeweils ein paar Hundert Meter oder so, und ich achtete darauf, mich von ihnen fernzuhalten, um nicht gesehen zu werden.

Aus der Entfernung wirkte Hellmans Haus ruhig und still wie ein großes Tier, dem man eben den Gnadenschuss verpasst hatte. Es sah kleiner aus, als ich es in Erinnerung hatte, aber gleich unangenehm. Der größere Teil des Grundstücks bestand aus Kies, der vor so langer Zeit ausgestreut worden war, dass an vielen Stellen der darunterliegende Sand und die Erde herausschauten. An einem Fleck sah ich weiße, harte Stücke Gips. Dort musste die Polizei die Reifenspuren genommen haben.

Ich fuhr auf das Haus zu, bog um eine der Ecken und stieg dann ab, lehnte das Fahrrad an die Wand. Hier war es von der Straße aus nicht zu sehen, und auch nicht, wenn man vor dem Haus hielt.

Ich strich mit den Fingerspitzen über die raue Hauswand. Die Fenster waren quadratisch und klein wie Bilder. Vorsichtig schlich ich zur Haustür, zog meine alten Handschuhe an, drückte die Klinke herunter und stellte fest, dass die Tür abgeschlossen war. Auch die Fenster waren zu. Ich wünschte, ich hätte ein Stemmeisen oder einen Hammer dabeigehabt. An der Außentür klebte ein gelb-rotes Schild, das verkündete, dass das Gelände abgesperrt sei.

Erst nachdem ich wieder beim Fahrrad angekommen war, um wegzufahren, wurde mir klar, dass es vor einer Hintertür stand. Ich kam mir bescheuert vor und fragte mich, ob ich nicht verwirrter war, als ich dachte. Ich stellte das Rad woanders hin und untersuchte die Tür: dünn und aus Holz, mit weißer Farbe gestrichen, die von Wetter und Zeit verwittert war.

Ich drückte die Klinke herunter.

Abgeschlossen.

Verdammter Mist.

Neben der Tür stand eine alte Urne. Sie enthielt ein paar weich gewordene Zigarettenkippen und abgefeuerte Schrotpatronen. Ich hob die Urne hoch. Darunter lag ein Schlüssel. Er war kalt, und meine Hand zitterte ein bisschen zu viel, um ihn ins Schloss zu kriegen, ich musste beide Hände nehmen.

Als die Tür mit einem dumpfen Knarren aufging, flatterte es in meiner Brust. Ich schob die Hand in die Tasche und umklammerte das kleine Messer.

Während der Abend sich auf Krakasa senkte, betrat ich mit zögerlichen Schritten das Haus eines toten Mannes.

Es war kleiner, als man vermutet hätte. Das Erdgeschoss bestand aus einer Diele, einer Küche, einem Wohnzimmer und einem Badezimmer, im oberen Stockwerk waren Schlafzimmer, ein Zimmer mit Einbauschränken und die Toilette. Alle Räume hätten vor langer Zeit schon geputzt gehört, es roch muffig und stickig, wie in einer alten Tonne.

Ich blieb an jeder Schwelle stehen, horchte und umklammerte das Messer immer wieder, ehe ich weiterging. Bald wagte ich, das Licht an meinem Handy einzuschalten. Ich hatte es ein paar Wochen zuvor auf dem Nachhauseweg von der Schule in eine Wasserpfütze fallen lassen, und nachdem es getrocknet war, gingen die meisten Funktionen wieder, doch jetzt probierte ich die Lampe das erste Mal aus. Normalerweise leuchtete sie stark wie ein Blitz, nun war es nicht mehr als ein schwach gelblicher Schein.

Auf einer Kommode im Schlafzimmer stand eine gerahmte Fotografie von der Frau, die einmal Hellmans Ehefrau gewesen sein musste. Sie schaute mit ernstem Blick in die Kamera und sah seltsam schön aus, auch wenn ihre Haltung verriet, dass das Leben nicht so geworden war, wie sie es sich gewünscht hatte. Das erfüllte mich mit Resignation. Man musste sich nicht sonderlich anstrengen, um eine

Vorstellung davon zu bekommen, was hier drinnen im Laufe der Jahre vor sich gegangen war.

Hie und da erkannte ich Spuren der Polizeiermittlungen, sie schienen nichts mitgenommen zu haben. Ich war natürlich nie hier gewesen, doch es fühlte sich nicht so an, als würde etwas fehlen.

Das Bettzeug war durcheinander, Hellmans getragene Kleider lagen auf dem Fußboden. Das Schrankzimmer war groß und voll mit allem Möglichen. Zum Beispiel lagen da alte Lampen und Teppiche, sogar Töpfe und Bratpfannen. In der Ecke erkannte ich einen leeren Kanister von Onkel Dan.

Im Waschbecken unten in der Küche standen einige ungespülte Teller und Gläser. Hellman hatte einen viereckigen Küchentisch mit vier Holzstühlen gehabt. Drei davon waren ordentlich mit den Sitzen unter die Tischplatte geschoben. Der vierte war schräg herausgezogen. Vielleicht hatte Hellman zunächst dagesessen, war aber dann an eine eilige Sache erinnert worden und einfach vom Tisch aufgestanden und weggegangen. Vor ihm hatte ein Stapel mit Papieren von der Versicherung, Rechnungen und Zeitungen gelegen, daneben ein Kugelschreiber mit ausgefahrener Spitze.

Es fühlte sich an, als hätte ich etwas übersehen, ich konnte nur nicht feststellen, was. Langsam kehrte ich zur Treppe zurück, ging hinauf, blieb auf der obersten Stufe stehen und atmete in die Stille.

Ich stand wieder im Schlafzimmer. Das nicht gemachte Bett, das kleine Fenster, die beiden Nachttische mit identischen Lampen. Die Kleider auf dem Fußboden. Ich sank auf die Knie und leuchtete mit der Handylampe unters Bett.

Da lag etwas, das nicht zu Hellmans groben Hosen, Flanellhemden und schmutzigen Socken zu gehören schien. Ich streckte die Hand aus und zerrte an dem Stück Stoff, zog es heraus.

Es war eine dünne Bluse aus Polyester, glänzend und glatt mit weitem Ausschnitt. Sie war bleich wie weiße Haut und leicht durchsichtig, roch nach Waschmittel und Parfüm und hatte einmal fünf Knöpfe gehabt. Jetzt gab es noch vier, wo der oberste Knopf gesessen hatte, ragten nur zwei ungleich lange, abgerissene kleine Fäden heraus.

Ich richtete die Lampe auf den Fußboden und kroch am Bett entlang, an den Wänden, schaute unter die Kommode, und da lag er, von Staub umgeben. Ich hielt den Knopf vor mich, drehte und wendete ihn. Ich steckte ihn in die Hosentasche und knüllte die Bluse in meinen Beutel, um das Haus dann vorsichtig zu verlassen.

Ich schloss ab, legte den Schlüssel unter die Urne, nahm mein Fahrrad, bog um die Ecke und ging die Auffahrt herunter. Ich konnte gerade noch die Umrisse eines Autos erkennen, das dort stand und wartete, als die beiden weißen Scheinwerfer eingeschaltet wurden und mich blendeten.

Ich stand da mit den Händen auf dem Lenker und wusste nicht, wohin ich sollte. Eine Autotür ging auf, wurde wieder geschlossen. Schritte knirschten auf dem Kies. Ich versuchte, mit zusammengekniffenen Augen gegen die schneidenden Scheinwerfer des Autos anzusehen.

»Jakob?«, fragte ich leise.

»Was um Himmels willen machst du hier, Vega?«, zischte er.

»Was machst *du* hier?«

»Setz dich ins Auto.«

Während ich auf den Beifahrersitz sank, packte mein Bruder das Fahrrad, hob es in den Kofferraum und schlug die Klappe zu. Dann setzte er zurück, und wir fuhren die Straße hinunter, ließen Krakasa hinter uns.

»Solltest du dieses Auto nicht besser loswerden?«, fragte ich.

»Doch. Das werde ich auch. Hab es bloß noch nicht geschafft. Es ist …«

Er beendete den Satz nicht, aber das war auch nicht nötig. Ich wusste, wie viel das Auto ihm bedeutete.

»Ich sollte nicht draußen rumlaufen«, fuhr mein Bruder fort. »Und ich sollte nicht in diesem Auto sitzen. Aber ich kann nicht die ganze Zeit drinnen hocken und bloß darauf warten, dass etwas passiert. Also bin ich gestern hierhergefahren, am Abend. Mit ausgeschalteten Scheinwerfern. Ich weiß nicht richtig, warum ich draußen war und gefahren bin, irgendwie habe ich halt die Auffahrt zu seinem Hof gesehen und bin raufgefahren. Ich saß dort über eine Stunde. Zu Anfang habe ich darüber nachgedacht, warum das passiert ist, dann bin ich irgendwie weggedämmert und hab einfach dagesessen. Es fühlte sich schön an, einfach dazusitzen und auf das Haus zu starren. Seltsam, oder? Man würde denken, dass es umgekehrt sein müsste, dass man sich von so was so weit wie möglich fernhalten will. Ich weiß nicht, als ich dort saß, war es, als wäre es nie passiert. Oder eher, als hätte ich immer noch eine Chance, es zu verhindern.« Er lachte. »Ich weiß, das klingt voll krank. Aber die einzige Zeit, in der ich nicht an Hellman gedacht habe, war, als ich vor seinem verdammten Haus gesessen habe.«

Das klang komisch, genau wie er sagte, doch irgendwie habe ich trotzdem verstanden, was er meinte.

»Also bin ich heute wieder hergefahren«, fuhr er fort. »Ich brauchte einfach ... Es ist schwer zu erklären.« Ohne mich anzusehen, fügte er hinzu: »Und was hast du hier gemacht?«

»Dasselbe, nehme ich an.«

Die Tachonadel ruhte direkt unter dem Siebzigerstrich. Es war das erste Mal seit der Nacht, in der Hellman dahinten gelegen hatte, dass ich in Jakobs Auto saß.

»Sag mal«, begann ich.

»Ja?«

»Du riechst nach Alkohol. Hast du getrunken?«

»Nichts mehr seit ein paar Stunden.« Er zögerte. »Ich trinke nicht gern, aber ich verstehe, dass es Sinn machen kann. Es lässt einen gegenüber allem abstumpfen. Du musst dir keine Sorgen machen. Ich kann fahren.«

Ich wartete, dass er weiterreden würde, doch das tat er nicht.

»Trotzdem musst du das Auto loswerden«, sagte ich nach einer Weile.

»Ich weiß. Das werde ich auch. Hast du Mama was erzählt?«

»Ich habe gesagt, ich hätte dich nicht gefunden.«

»Gut.« Er klang erleichtert. »Danke.«

»Malte war gestern bei uns.«

»Ehrlich? Warum?«

»Er wollte wissen, was passiert ist. Warum die Polizei bei ihm war, warum er sie anlügen sollte.«

»Was hast du ihm gesagt?«

»Ich habe nichts gesagt, aber du solltest es mal tun.«

»Warum denn?«

»Er ist dein bester Freund.«

»Je mehr davon wissen, desto gefährlicher wird es. Je weniger lügen müssen, desto besser.«

»Was hast du mit der Leiche gemacht?«

Er schwieg lange, dann antwortete er zweifelnd und leise, fast flüsternd, obwohl nur wir zwei im Auto saßen.

»Ich weiß nicht, warum du das wissen willst.«

»Das hat Dan auch gesagt.«

Jakob sah mich an, als hätte ich ihn erschreckt.

»Dan? Warst du bei ihm zu Hause?«

»Ich bin hingefahren, um rauszukriegen, was passiert ist. Warum es passiert ist. Du redest ja nicht, was soll ich denn machen, zum Teufel?«

»Ich weiß es ja auch nicht.«

»Aber du weißt, wo die Leiche ist. Und was, wenn du ins Gefängnis kommst? Du hast es nicht getan!«

Die Angst wurde immer greifbarer, und ich sah aus dem Fenster auf die verschwommene Welt. Ab und zu wurde der Abend aufgehellt, wenn wir an einem Haus vorbeikamen, das an der Straße lag, oder an einer schwach erleuchteten Bushaltestelle.

Wenn ich an mein Zusammentreffen mit Onkel Dan dachte, stellte ich mir eine Hand vor, die nach einem Schürhaken griff und verlöschende Glut aufrührte.

Als wir am Nattflysjön vorbeifuhren und es nur wenige Minuten bis zu unserem Haus waren, sagte Jakob etwas, doch ich war so tief in Gedanken versunken, dass ich ihn nicht hörte.

»Was?«

»Ich habe gefragt, was du gefunden hast. Im Haus.«

»Woher weißt du, dass ich was gefunden habe?«

Jakob nickte kurz zu meinen Händen.

»Entweder hast du was aus seinem Haus mitgenommen oder du trägst eine Waffe bei dir. Ich habe noch nie gesehen, dass du deine Tasche so fest umklammerst.«

»Ach so.« Ich zwang meine Hände, locker zu lassen. »Ja. Vielleicht.« Vorsichtig zog ich das weiche Stück Stoff aus der Tasche. »Ich habe das hier gefunden.«

Jakob fuhr etwas langsamer. »Was ist das?«

»Eine Bluse.«

»Wo lag die?«

»Unter seinem Bett.« Ich berührte den Stoff. »Komisch, dass die Polizei die nicht gefunden hat, oder?«

»Vielleicht haben sie das Haus nicht durchsucht.«

»Sie haben sogar Abgüsse von den Reifenspuren im Kies auf der Auffahrt genommen.«

»Das stimmt.« Jakob lachte traurig. »In dem Fall wäre das typisch für Franzén und seine bescheuerten Kollegen.«

Der Stoff wurde warm an meinen Händen.

»Die riecht frisch gewaschen, wahrscheinlich ist sie erst kürzlich da hingekommen, und einer der Knöpfe ist abgegangen.« Ich zeigte ihm die zwei ausgerissenen Fäden im Stoff. »Weißt du, wem die gehört?«

»Nein.«

»Vielleicht hat sie seiner Frau gehört«, sagte ich. »Möglicherweise ist sie aus irgendeinem Grund zurückgekommen, um mit ihm reinen Tisch zu machen. Und dann hat er sie angegriffen, und sie hat sich verteidigt.«

»Ja«, sagte Jakob. »Möglicherweise.«

»Oder Dan war es.«

»Vega, du musst ...«

»Willst du es nicht auch wissen?«

Jakob schwieg lange.

»Ich fühle mich verarscht. Jemand hat den ganzen Mist angerichtet und mich da reingezogen. Es ist frustrierend, nicht zu wissen, warum. Doch ein anderer Teil von mir will das alles einfach nur vergessen, will es einfach ins Vergessen absinken lassen, zusammen mit allem anderen, was im Laufe der Jahre passiert ist.«

Ja, dachte ich. Vergessen. Vielleicht sollte man das versuchen.

»Aber«, beharrte ich, »wenn es nun nicht Dan war, der das getan hat, warum hat er nichts zu dir gesagt? Es muss ihm klar sein, dass du auch wissen willst, was passiert ist. Zumal er ja kaum befürchten muss, dass du mit der Polizei oder jemand anderem redest. Wir gehören zur selben Familie, verdammt noch mal. Ich dachte, so was ist hier draußen von Bedeutung.«

»Das ist es, nur nicht immer so, wie man denkt.«

»Was soll das heißen?«

»Ich glaube, er will uns schützen.«

»Das glaube ich nicht.«

»Aber ich. Aus demselben Grund, warum ich dir nicht erzählen will, was ich mit …«

Dann geschah etwas Seltsames.

Jakob holte tief Luft, abgehackt, so als würde er ins Stocken kommen oder plötzlich eine ungeheure Last auf der Brust haben. Er hielt abrupt am Straßenrand, machte den Motor aus, legte die Stirn aufs Lenkrad und begann zu schluchzen. Er saß da und schniefte, hustete und schaukelte auf dem Sitz leicht vor und zurück.

Ich wusste nicht, was ich tun sollte, legte meine Hand auf seinen Rücken und streichelte ihn vorsichtig zwischen den Schulterblättern. Zum ersten Mal, seit wir beide klein gewesen waren, sah ich meinen Bruder weinen. Allmählich ebbten die Wellen ab, bis wir ganz still saßen.

»Ich habe Ziegelsteine an seine Hände und Füße gebunden«, flüsterte er. »Dann habe ich ihn im Sumpf versenkt.«

Ich starrte auf die Straße vor uns. Tränen liefen mir aus den Augenwinkeln und ich konnte nicht erklären, warum.

»Als wir ihn gepackt haben«, fuhr Jakob fort, »Dan und ich, als wir Hellman gepackt haben, um ihn ins Auto zu legen, war er total unnatürlich kalt. Er muss schon eine Weile tot gewesen sein, als wir hinkamen. Ich habe nie zuvor einen Toten angefasst, das fühlte sich verdammt unangenehm an. Ich kann diese seltsame Kälte immer noch an meinen Händen fühlen.«

Ich starrte in die Dunkelheit. Ein Schaudern überkam mich. Hellman hatte mich davor gerettet, vom Armensumpf verschlungen zu werden.

Und jetzt lag er selbst drin.

Nachdem Jakob sich gefasst hatte, ließ er den Wagen wieder an, und wir fuhren schweigend weiter. Er hielt ein Stück von unserem Haus entfernt an, um mich rauszulassen, und bat mich, das Handschuhfach zu öffnen.

Ein Strom von zusammengeknüllten, alten Zigarettenschachteln und zerkratzten CDs ergoss sich über meine Füße.

»Dieses Buch hatte er in der Hosentasche«, sagte Jakob, als würde er widerwillig etwas mitteilen, was er eigentlich für sich behalten wollte, jedoch nicht länger konnte.

Ich suchte in dem Müll vor meinen Füßen und berührte etwas, was sich kühl und gespannt anfühlte, wie Tierhaut. Es war ein schwarzes, kleines Notizbuch. Sämtliche Seiten waren an der unteren Ecke rostbraun und steif, und erst während ich mit meinen Fingern darüberstrich, wurde mir klar, dass es sich dabei um Hellmans getrocknetes Blut handelte.

»Hast du es gelesen?«

»Ich habe es versucht, aber ich konnte nicht. Das Blut …«

Jakob ließ den Satz unbeendet und ich war dankbar dafür. Hätte er weitergeredet, wäre er womöglich wieder zusammengebrochen, und das wollte ich nicht. Es war irgendwie unangenehm, ihn so zu sehen.

»Ich möchte, dass du etwas für mich tust«, sagte er.

»Was?«

»Ich will, dass du es verbrennst.«

»Warum tust du das nicht selbst?«

»Ich ... Ich kann nicht. Es geht nicht.« Er sah aus dem Fenster. »Vielleicht sollte ich abhauen. Wenn die Polizei mich findet, dann knicke ich ein, da bin ich sicher. Es gibt eigentlich nur diese beiden Möglichkeiten.«

»Nicht, wenn der, der es wirklich getan hat, gesteht«, versuchte ich.

Jakob schüttelte den Kopf, als hätte ich was Bescheuertes gesagt.

»Ich werde nach Hause fahren. Ich muss ein paar Sachen aus dem Wohnwagen holen. Vielleicht schlafe ich da, wir werden sehen.«

»Mama macht sich richtig Sorgen um dich.«

Er sah mich zögernd an.

»Sag ihr, dass es mir gut geht. Sag das und dass ich bei Malte übernachte. Aber nicht mehr. Kriegst du das hin?«

»Ja«, sagte ich, und entweder vertraute er mir oder er hatte keine Kraft mehr, mich noch weiter zu überzeugen.

Ich steckte das Notizbuch in meine Tasche und stieg aus dem Auto. Um mich herum rauschte der Wald in Wellen, wie Atemzüge.

Ich kam ein paar Minuten, bevor Mama zur Arbeit fahren würde, nach Hause. Sie stand fertig angezogen vorm Spiegel im Badezimmer und richtete irgendetwas an ihrer

Frisur. Als sich ihr Erstaunen gelegt hatte, kochte stattdessen der Zorn hoch.

»Wo warst du?«, fragte sie streng. »Jakob ist verschwunden und du hast nichts von dir ...«

»Jakob geht es gut. Er übernachtet bei Malte.«

»Woher weißt du das?«

»Malte hat mich angerufen«, log ich.

»Er hat *dich* angerufen?«

»Ja.«

Wenn man keine Zeit zum Nachdenken hat, werden die Lügen schlecht. Das Einzige, was einen dann noch retten kann, ist ironischerweise die Zeit. Mama schaffte es nicht, meine Worte zu hinterfragen.

»Lass uns morgen darüber reden«, sagte sie. »Ich muss los. Du bist sicher, dass es ihm gut geht?«

»Ja, Mama.«

»Wo war er denn?«

»Das weiß ich nicht.«

»Und die Polizei, was ...«

»Ich weiß es doch nicht, Mama.«

Mir wurde klar, dass ich ihr immer noch am liebsten die Wahrheit erzählen würde, aber die Worte blieben mir im Hals stecken, und ich konnte es nicht, also sagte ich nichts.

»Lass uns morgen darüber reden«, sagte sie wieder und beugte sich vor, um mich zu umarmen. Dann fuhr sie zurück. »Mein Gott, du stinkst. Was zum Teufel hast du gemacht?«

»War bloß ein bisschen draußen.«

»Du riechst nach Maische.« Sie sah auf die Uhr, begriff,

wie eilig sie es hatte, und fing an, ihre Sachen zusammenzusuchen. »Geh duschen. Es ist bestimmt noch ein bisschen heißes Wasser da.«

Nachdem sie das Haus verlassen hatte, betrachtete ich mich selbst im Badezimmerspiegel. Er war mit Wasser und Zahncreme bespritzt und fleckig vom Haarspray. Ich begegnete meinem eigenen Blick und erschrak über das, was ich darin sah: nichts.

Hellmans Buch bestand aus fast leeren Seiten mit kurzen Notizen in schwarzer Tinte. Nach jedem Eintrag hatte er einen geraden Strich gezogen. Die Einträge folgten einem Muster, waren aber schwer zu deuten, vermutlich handelte es sich um Abkürzungen oder Umschreibungen. Mir fielen nur zwei Gründe ein, warum man so schreiben sollte, entweder war man faul oder man wollte etwas verbergen. Die Notizen bestanden aus ein oder zwei Ziffern, dann einem Buchstaben und noch etwas.

26A LFG

Ich strich mit den Fingerspitzen über das Papier und spürte den Abdruck von Hellmans Stift. Er schrieb unsicher und unregelmäßig, die Großbuchstaben waren eckig und fest, als wären sie eigentlich versteckte Drohungen.

Manche Einträge waren sich sehr ähnlich, doch ich kapierte nicht, worum es ging. Egal, was ich versuchte, ich konnte das Gefühl nicht abschütteln, dass ich hier nur Zeugin des kargen Alltagslebens eines fiesen alten Mannes an einem einsamen Ort wurde.

Einer der wenigen Einträge, die sich wiederholten, tat

dies mit bemerkenswerter Regelmäßigkeit und alle paar Seiten:

25J D 1 500
25J D 1 500
25A D 2 000
25S D ~~2 000~~
25O D

Ich lehnte mich auf meinem Platz am Küchentisch zurück, wo ich mit einem Glas Wasser saß, und betrachtete den Sekundenzeiger der Küchenuhr, sah zu, wie die Zeit neue Teile des Tages hinter sich ließ. Ich schloss die Augen. Es war schön, sie mal zuzumachen. Mir taten von dem Sturz in Svartmon immer noch Rücken und Nacken weh. Ich hatte so eine blöde Nervosität im Leib und drehte vorsichtig den Kopf von einer Seite zur anderen. Eine Zeit lang dachte ich darüber nach, wie man am einfachsten ein Buch verbrannte, denn schließlich wollte Jakob, dass ich das tat. Schon bald erkannte ich, dass es sinnlos war, darüber nachzugrübeln. Ich würde es nicht anzünden, bevor ich seinen Inhalt nicht begriffen hatte.

Plötzlich wurde das Geräusch der tickenden Uhr von etwas durchbrochen. Ich öffnete die Augen.

Jemand kam in der Dunkelheit die Auffahrt hochgelaufen.

Als ich sah, wer es war, flatterte es tief unten in meinem Magen, ohne dass ich etwas dagegen tun konnte. Ich klappte Hellmans Buch zu und versteckte es unter einem der Sofakissen im Wohnzimmer. Während ich das Türschloss herumdrehte, spürte ich, wie die Bewegungen auf der anderen Seite zum Erliegen kamen, und das gefiel mir, es machte mir Spaß, dass ich erstarren lassen konnte.

Ich fragte mich, was er wohl wollte.

Ich öffnete die Tür, und er stand da, mit den Händen in den Taschen, wie immer.

»Hallo«, sagte Tom.

»Hallo.«

»Ich habe es nicht geschafft, zu klopfen.«

»Ich habe dich kommen sehen.«

»Bist du allein zu Hause?«

»Ja.«

»Darf ich reinkommen?«

»Ich war bei meinem Onkel. Ich hab es bisher nicht geschafft, zu duschen, deswegen rieche ich so übel.«

Ich weiß nicht, warum ich das gesagt habe, die Worte fielen einfach so aus mir heraus, obwohl es mir egal war.

Tom lächelte, aber das Lächeln gelangte nicht bis zu seinen Augen. »Das macht nichts.«

Ich trat beiseite, und als er vorbeiging, brachte er den Geruch des Herbstabends mit in die Diele. In meinem Kopf drehte sich immer noch alles um Hellmans Notizen. Was sollte ich mit denen anfangen?

Tom stieg aus seinen Stiefeln, zog die Jacke aus und wir gingen in die Küche. Er war erst ein Mal bei uns gewesen, hatte aber keine Probleme, sich zurechtzufinden. Andererseits war es bei uns auch nicht so groß, dass man sich hätte verlaufen können.

Es war anstrengend, dass er so gut aussah. Seine Lippen ließen mich an seine Hände denken, die wiederum die Gedanken zu seinem Rücken lenkten und dann zu seinem Hintern und wie es sich anfühlte, die Fingernägel hineinzubohren. Da fiel es mir auf.

»Du hast den Pullover an.«

Tom zog ein wenig an dem verwaschenen, blauen Pullover und lächelte verlegen. Diesmal reichte das Lächeln bis zu seinen Augen.

»Ja.«

»Warum?«

»Ich weiß nicht. Vielleicht, weil ich wollte?«

Er setzte sich an den Küchentisch, ich zog meinen Stuhl heraus und setzte mich ihm gegenüber.

»Was machst du hier?«

»Das ging alles so schnell gestern. Es war ... unerwartet, dich oben bei uns zu sehen, so wahnsinnig ... Es hat mich ein bisschen schockiert. Ich wollte es dir erklären.«

»Was erklären?«

Tom betrachtete die Tischplatte zwischen uns. Er hatte etwas Gequältes an sich, als würde irgendwo ein Muskel ziehen oder schmerzen.

»Seit Papa abgehauen ist, haben wir es schwer gehabt, also, rein finanziell. Nachdem meine Eltern das Haus damals von meinem Opa übernommen haben, mussten sie einen Kredit aufnehmen, und weil Papa keinen gekriegt hat, musste meine Mutter ihn übernehmen. Als Papa abgehauen ist, musste sie alles allein bezahlen, und das ging auch, solange sie gearbeitet hat. Aber sie hat das Karpaltunnelsyndrom, also ihre Hände schaffen das nicht. Das Auto zum Beispiel, das du gestern gesehen hast, das bringe ich gerade in Ordnung, sodass wir in den Ort runterfahren und es verkaufen können. Ich habe es rausgezögert, Mama will das nicht, weil es Papas und ihr liebstes Ding war, aber wir können es uns nicht leisten, es zu behalten.« Tom kratzte mit dem Daumennagel auf dem Tisch, als versuche er, einen Fleck wegzukriegen, den nur er sehen konnte. »Egal, das ist jedenfalls der Grund dafür, dass wir Geschäfte mit euch machen. Mit Dan. Das war das Geld in dem Umschlag.« Er senkte die Stimme. »Ich habe Mama dazu überredet, ihre Eheringe zu verkaufen.«

»Ihr macht jetzt also keine Geschäfte mehr?«

Tom schüttelte den Kopf.

»Es hat sich angefühlt, wie irgendwie mich selbst, meine Familie zu verraten. Genau wie es sich anfühlte, als wir, als du und ich ...« Er verhedderte sich. »Als ich an dem Abend hierherkam. Ich hätte das nicht tun sollen, alles war so falsch. Und hinterher war es so superanstrengend, deshalb habe ich mich dir gegenüber so verdammt beschissen verhalten. Ich möchte mich dafür entschuldigen.«

»Das hast du gestern schon am Telefon gemacht.«

»Aber ich wollte es so wie jetzt machen.«

»Warum?«

»Weil es sich ...« Er suchte nach dem Wort. »... nach mehr anfühlen sollte.«

Ich hatte Tom bereits bestimmt, scharf, böse, sauer und sogar verächtlich gesehen, aber noch nie reuevoll. Er stand auf und öffnete eine der Schranktüren und holte eins der wenigen sauberen Gläser heraus, die wir noch hatten. Aus irgendeinem Grund stand ich auch auf. Er füllte sein Glas mit Wasser und trank, dann standen wir eine Weile schweigend da und hörten zu, wie es in den Rohrleitungen knackte.

Ich sagte nichts, stand nur vor ihm und atmete. Er machte zwei Schritte auf mich zu, und ich roch den Duft seines Pullovers und des Herbstabends, der im Stoff hing. Er zögerte.

»Das Seltsame ist, dass ich nicht aufhören kann, an dich zu denken.«

»Ich kann auch nicht aufhören, an dich zu denken.«

In mir lebte etwas Destruktives.

Er streckte seine Hand aus und strich mit den Fingern über meine Wange. Bei der Berührung wollte ich die Augen schließen, aber das tat ich nicht. Er fuhr mit den Fingerspitzen über mein Kinn, streifte meine Lippen.

»Ich ...«, begann ich. Meine Worte mussten verbraucht sein, denn mehr sagte ich nicht, ich dachte nichts mehr, sondern packte nur fest seine Hüften, so wie man nach jemandem greift, wenn man Angst hat, zu fallen, doch das hatte ich nicht.

Ich merkte, wie das Blut heiß und schnell durch meinen Körper floss und mein Herz zum Schlagen brachte. Ich zerrte an Toms Pullover und legte die Hände auf seinen nackten Rücken, spürte die Wärme seiner Haut.

Tom schloss die Augen, aber ich hielt meine offen und sah die Adern, dünn wie Fäden, auf seinen Lidern. Seine Bartstoppeln waren angenehm kratzig und wahrscheinlich zog ich ihn deshalb zum Sofa im Wohnzimmer. Er machte die Augen auf, sagte aber nichts, sah mich nur an, während ich ihn aufs Sofa drückte und mich zwischen seine Oberschenkel kniete, um die Jeans aufzuknöpfen.

Ich hatte erwartet, dass die Erinnerung an ihn die Wirklichkeit verdrängt haben würde, doch so war es nicht:

Als ich seine Boxershorts heruntergezogen hatte und er vor mir stand und sich schwach im Takt mit seinem Puls bewegte, war er genauso, wie ich ihn in Erinnerung hatte.

Ich zog mir selbst die Jeans aus, stieg auf das Sofa und legte die Hände um seine Schultern, setzte mich rittlings auf ihn, und sein Gesicht verschwand für einen Moment im Pulloverstoff zwischen meinen Brüsten, was uns beide zum Lachen brachte.

Als ich am Ende ganz auf ihn sank, wurde ich von dem Gefühl überschwemmt, Tom, jedes Stück von ihm, in mir zu haben. Er bewegte seine Hüfte und erreichte einen tiefen Punkt, den ich bisher nicht gekannt hatte. Alle Nerven strahlten ein dunkles, schönes Gefühl aus, das sich in den Magen hinauf und in die Oberschenkel hinunter verschob.

Ich begann, mich zu bewegen, nicht auf und ab, sondern vor und zurück. Es blitzte vor meinen Augen, und erst jetzt merkte ich, dass ich sie geschlossen hatte. Hinterher erinnerte ich mich nicht, ob ich einen Laut von mir gegeben hatte, sondern nur an die gewaltsamen Zuckungen und das großartige, besorgniserregende Gefühl, zu fallen.

Wir lagen nebeneinander auf dem Teppich vor dem Sofa. Der Anstrich der Decke über uns war von vielen verworrenen Rissen durchzogen. Ich wusste, dass es sie gab, hatte aber lange nicht daran gedacht und fand es jetzt peinlich, dass Tom sie sah. Doch ich war viel zu leer gepumpt, um mich groß darüber zu ärgern. Es war ein seltsamer Tag gewesen, und viele Nächte unruhigen Schlafs hatten mich unsicher, fast desorientiert werden lassen. Sex zu haben, bewirkte nicht gerade, dass ich klarer im Kopf wurde, eher im Gegenteil. Alles war undurchsichtig.

Ein Stück entfernt auf dem Fußboden lagen meine Zigaretten. Ich zündete mir eine an und sah zu, wie der Rauch an die Decke stieg. Tom hielt seine rechte Hand hoch. Ich steckte ihm die Zigarette zwischen Zeige- und Mittelfinger.

»Woran denkst du?«, fragte er.

Ich wollte nicht darüber reden, aber manchmal, so wie jetzt gerade, war der Abstand zwischen meinen Gedanken und meinem Mund viel zu kurz, und fast sein ganzer Name rutschte mir heraus, ohne dass ich es verhindern konnte.

»Lars Hellman?«, echote Tom erstaunt. »Warum denkst du an den?«

»Kein besonderer Grund«, murmelte ich. »Ist nur einfach unangenehm, wenn Leute verschwinden. Du hast doch davon gehört, oder?«

»Dass er verschwunden ist? Ja, das habe ich gehört.«

Ich rollte mich auf die Seite, legte eine Hand auf Toms kühlen Brustkorb und lächelte, versuchte, es wie etwas anderes aussehen zu lassen als das, was es war: ein Versuch, ihn dazu zu bringen, an etwas anderes zu denken, nicht weiter nachzufragen.

»Weißt du was darüber?«, fragte Tom, ohne mich anzusehen.

»Wie meinst du das?«

»Ich weiß, dass er bei deinem Onkel immer Sprit gekauft hat. Ich dachte«, fuhr er fort und gab mir die Zigarette, »dass du vielleicht mit Dan gesprochen hast und dass er womöglich weiß, was mit Hellman passiert ist. Warum er verschwunden ist.«

»Nein, keine Ahnung.«

Mit der Zigarette zwischen den Fingern strich ich ihm sachte über die Brust, bis zum Bauch herunter. In meinem Kopf rasten Bilder vorbei, neue und alte:

Papa, Dan, mein Bruder und ich, wie wir zum ersten Mal nach Svartmon kommen. Papas Beerdigung, alle Trauernden haben versteinerte Mienen. Lars Hellmans Haus, wie es leer und einsam in Krakasa hockt, als würde man ein Gefängnis ansehen. Die Notizen in seinem Buch, zwei Scheinwerfer werden eingeschaltet und blenden mich wie ein Tier. Onkel Dans Messer, scharf und leicht, das Geld, das er mit seiner einzigen Hand zählt. Hellmans Silhouette am

Armensumpf und das schwarze Wasser – er hat mich gerade davor bewahrt, hineinzufallen. Wie er weggeht, zwischen Bäumen und Schatten verschwindet. Wie ich um sein Haus in Krakasa streiche, die Wände fühlen sich an meiner Handfläche kalt und rau an.

»Kennst du Hellman?«, fragte ich.

»Nicht direkt, nein. Ich habe ihn ein paarmal getroffen, aber hauptsächlich habe ich nur Geschichten über ihn und seine Frau gehört.« Tom holte tief Luft. »Hast du mal darüber nachgedacht, von hier abzuhauen?«

»Du etwa?«

Ich gab ihm die Zigarette.

»Einmal. Hatte mir überlegt, runter in den Ort zu gehen und von da den Bus zu nehmen und dann in die Stadt zu fahren zu dem kleinen Bahnhof und einfach den nächsten Bus weg von hier zu nehmen. Es kostet nicht viel, zweihundert Kronen oder so würden schon reichen, um ein gutes Stück wegzukommen. Hier gibt es so viel Mist, so viele … Ich dachte, dass mich niemand vermissen würde, außer Mama, und wenn sie nur wüsste, dass es mir gut geht, würde sie mich nicht aufhalten. Vielleicht würde sie mich sogar ermuntern oder so. Also habe ich tatsächlich vor ein paar Monaten meine Tasche gepackt. Ich habe nicht sonderlich viel eingepackt, Geld, meinen Pass, ein paar Kleider und irgendein Buch. Es passte alles in meinen Rucksack. Doch dann stand ich in meinem Zimmer mit dem Rucksack auf dem Bett und hätte nur noch die Schuhe zubinden müssen, und ich … Plötzlich wurde mir klar, wenn ich jetzt wegfahre, weiß ich nicht, wo ich hinsoll. Was sollte ich machen? Der

Einzige, der mir einfiel, war Papa, und dass ich zu ihm fahren und versuchen könnte, unsere Beziehung zu flicken, aber dazu hatte ich keine Lust. Außerdem würde das Mama fertigmachen. Vielleicht ist es besser, sich hier irgendwie sinnvoll zu fühlen, als irgendwo anders total sinnlos. Ich meine, ich bin an das hier gebunden ... An diesen Ort.« Jetzt lachte er, kurz und plötzlich, und nahm einen Zug. »Ich habe alles wieder ausgepackt, bin zu Mama runter und habe gefrühstückt. Sie hat es nie erfahren.«

Er war schön, wenn er redete, es gefiel mir, wie sich seine Lippen bewegten. Ich legte mich auf den Rücken. Der Teppich unter mir pikste und juckte.

»Wann war das?«

»Diesen Sommer.«

Meine Augenlider fühlten sich so schwer an und mein Kopf wackelig, als würde mein Nacken ihn nicht länger oben halten können. Tom beugte sich über mich und lächelte, zum ersten Mal.

»Ich mag dich, Vega. Und zwar ziemlich, echt. Ich weiß bloß nicht, wie ich damit umgehen soll.«

Die Risse in der Decke verschwammen. Zwischen meinen Fingern glühte die Zigarette auf den Filter herunter und verbrannte meine Haut.

»Ich mag dich auch«, flüsterte ich.

Tom war erst gegangen, als es schon fast fünf Uhr früh war. Ich hatte nicht schlafen können, sondern bis halb sieben wach gelegen, und als ich die Augen jetzt öffnete, war es fast ein Uhr mittags.

Die Müdigkeit brannte hinter meinen Lidern, und als ich mich umwandte und allmählich im Bett aufsetzte, tat es auf eine schöne Art unten im Bauch weh, wie eine Erinnerung. Ich fragte mich, welche Abdrücke ich bei Tom hinterlassen hatte, auf seiner Haut und in seinen Gedanken.

Mama schlief. Ich stand auf und trank ein Glas Wasser. Die Müdigkeit und vielleicht auch Sorge und Angst ließen mich schwanken, ich musste mich an der Spüle abstützen, bis der Schwindel nachließ.

Der vergangene Tag kehrte in kurzen Bildern zurück: das Gespräch mit meinem Onkel, mein Besuch in Hellmans Haus, sein Notizbuch mit den kurzen Eintragungen. Genau, das lag ja noch unterm Sofakissen. Ich holte es und legte es in meine Tasche.

Ich fühlte mich, als hätte ich Fieber, die Zeit stand still, und alles bewegte sich unendlich langsam.

Meine Gedanken wanderten unentwegt zu Tom, was er tat oder dachte, ich erinnerte mich, wie er roch, und begriff, dass sich etwas verändert hatte. Mir wurde klar, dass ich dasaß und vor mich hin grinste.

Ich versuchte, ein bisschen in einem Buch zu lesen, konnte mich aber nicht auf die Handlung konzentrieren. Es störte mich, weil ich eigentlich gern lese. Es gibt nicht sonderlich viele gute Bücher, aber die guten sind wie Leuchttürme. Irgendwie helfen sie einem, sich auf dem rechten Kurs zu halten, wenn es stürmt.

Also nahm ich mir wieder Hellmans Notizbuch vor, schlug es auf und blätterte zerstreut darin. Da war es.

26A LFG

Der Eintrag sagte mir etwas, ich war mir ganz sicher. Wenn ich nur von den Wörtern abstrahieren konnte, würde ich erkennen können, wofür die Buchstaben standen.

Ich hörte Mama durch die geschlossene Schlafzimmertür schnarchen. Ich betrachtete mein Bücherregal, den Schrank, die Filmplakate, die ich mit Heftzwecken daran befestigt hatte, und den Wandkalender, der an einem Haken hing. Ich sah die Fotos von uns, von mir und Jakob, mir und Mama, mir und Jakob und Papa. Von Mama und Papa.

Der Wandkalender.

Hellmans Notizbuch.

26A.

Ich blätterte zurück. Doch, das konnte stimmen.

Die erste Zahl oder die Zahlen standen für ein Datum. Die Buchstaben waren das Initial des Monats. 26A war der sechsundzwanzigste April oder August. 13D war der dreizehnte Dezember, 5M der fünfte März oder Mai, und 3J stand für den dritten Januar, Juni oder Juli – um das herauszufinden, konnten einem nur die dazugehörigen Notizen helfen.

Es war eine Art Kalender oder Erinnerungsliste, doch Hellman machte nur Einträge, wenn wirklich etwas passiert war. Der sechsundzwanzigste August war der Tag, an dem ich mit Jakob nach Krakasa gefahren war, um Hellmans Ration Schnaps abzuliefern.

Der Rest des Eintrags – LFG – war eine Abkürzung für *Lieferung*. Ich blätterte weiter im Notizbuch und sah, dass er ungefähr jeden zweiten Monat eine Lieferung erhalten hatte. Der sechsundzwanzigste August, das Mal, als ich dabei war, war seine letzte gewesen.

Vielleicht täuschte ich mich, aber wenn nicht, dann wurden die anderen wiederkehrenden Einträge fast verständlich.

25J D 1 500
25J D 1 500
25A D 2 000
25S D ~~2 000~~
25O D

Bei den letzten beiden war ich nicht ganz sicher, aber mit dem Datum und dem Buchstaben D nahm ich an, dass sie mit den ersten zusammenhingen. Es gab viele Möglichkeiten, die Zahlen zu interpretieren, aber ich entschied mich bald dafür, dass es hier um Geld ging. Den fünfundzwanzigsten Juni, Juli und August nahm er Geld von »D« entgegen oder zahlte etwas an ihn. Die ersten beiden Male fünfzehnhundert, das dritte Mal zweitausend. Was im September und Oktober geschah, als die Summe durchgestrichen war oder nur aus einem D bestand, konnte ich nicht ergründen.

Aber der fünfundzwanzigste Oktober war am Mittwoch gewesen.

Der Tag vor Hellmans Tod.

Entweder hatte Hellman bei jemandem Schulden gehabt oder jemand hatte in seiner Schuld gestanden. Da Hellman Behörden und Organisationen verabscheute, nahm ich mal an, dass D eine Person war. Und es war nicht schwer zu begreifen, um wen es sich handelte.

D stand für Dan, aber hier konnte es nicht um Schnapslieferungen gehen. Die geschahen nicht monatlich. Das bedeutete, dass Hellman und Onkel Dan noch andere Geschäfte miteinander gehabt hatten. Ich musste an den herausgezogenen Stuhl in Hellmans Küche denken, von dem er in aller Eile aufgesprungen zu sein schien.

Er musste am Küchentisch gesessen haben, als er jemanden auf der Auffahrt gesehen hatte, war aufgestanden und rausgegangen. Vielleicht hatte er den Besucher da erst erkannt. Ja, dachte ich, er und Dan fingen an zu streiten, vermutlich war einer von beiden gewalttätig geworden, und es endete damit, dass Dan ihn erschossen hatte. In Notwehr, würde er selbst behaupten, und wahrscheinlich stimmte das sogar. Denn für einen wie Dan war Gewalt immer der letzte Ausweg, nicht, weil er zögerte, sie anzuwenden, sondern weil Gewalt immer Aufmerksamkeit auf sich zieht.

Er musste es also doch gewesen sein. Die Erkenntnis erleichterte mich fast.

Ich wurde aus meinen Gedanken gerissen, als die Tür zum Schlafzimmer aufging und Mama herauskam. Sie ging langsam und widerwillig, ein Zeichen dafür, dass sie fast noch schlief. Die Klotür ging auf und wieder zu. Rasch legte ich das Buch weg und ging aus meinem Zimmer in die Küche. Ich wollte ins Zimmer zurückfliehen können, falls Mama zu viele Fragen stellte. Ich stand an die Arbeitsfläche gelehnt, starrte aus dem Fenster und dachte an die Ereignisse, die mir Hellmans Buch verriet, die Geschichte, die jetzt fast zusammenhängend war.

Als Mama vom Klo kam, fragte sie nach Jakob. Ich vermied es, zu antworten, bis es fast körperlich wehtat, dann stolperte ich in mein Zimmer zurück.

Am Abend fing es an zu regnen. Alle Farben wurden matt, wie mit einer dicken Schicht Grau überzogen. Anders als bei den Schauern der vorangegangenen Tage regnete es jetzt dicht und anhaltend. Wenn ein solcher Oktoberregen über Varvet zog, wusste man, dass er nicht so schnell aufhören würde, oft dauerte es tagelang. Der Wasserspiegel in den Brunnen stieg, der Nattflysjön trat über die Ufer und verschluckte Teile des ihn umgebenden Bodens.

Ich wartete, bis Mama zur Arbeit gefahren war, dann kontrollierte ich, ob die Schrotflinte mit zwei Patronen geladen war, und steckte noch eine zusätzliche Schachtel mit zehn Stück in die Tasche. Die Waffe wog schwer in meinen Händen, aber das weiche, fein lackierte Holz fühlte sich angenehm an.

Die Männer in meinem Leben waren es, die mich das Schießen gelehrt hatten, erst Papa und danach Jakob. Das erste Mal war ich noch klein gewesen. Papa hatte mich, das Gewehr und einen großen Wassereimer mit auf ein Feld in der Nähe unseres Hauses genommen. Er schritt ungefähr zwanzig Meter ab und platzierte den Eimer im hohen Gras. Den ganzen Vormittag versuchten wir, ihn kaputt zu schießen.

Eine Schrotladung verursacht große Schäden, das hatte ich schon oft gesehen und häufiger bei Füchsen und Straßenkötern als bei Wassereimern; als ich mich jetzt auf das Fahrrad setzte und das Gewehr auf dem Gepäckträger festklemmte, schenkte mir dieses Wissen Sicherheit.

Ich nahm es deshalb mit, weil Lars Hellman bald eine Woche tot war und ich nicht nur vermutete, dass die Leute mich anlogen, sondern auch ahnte, dass die Fragen, die ich in den letzten Tagen gestellt hatte, mich selbst in Gefahr brachten.

Mein Ziel war Svartmon und Onkel Dan. Ich wollte ihm das Notizbuch zeigen und ihn nach seinen eigentlichen Geschäften mit Hellman fragen, doch auf dem Weg dahin wollte ich Tom besuchen. Es war weniger als einen Tag her, dass wir zusammen gewesen waren, doch im Laufe des Tages war das Bedürfnis, ihn zu sehen, gewachsen. Ich wusste nicht, was ich sagen wollte, was ich tun sollte, wenn ich ihn sah. Ihn umarmen? Ihn küssen? Mich ausziehen? Die Unsicherheit verwirrte mich, sie war mir völlig neu. Fühlte es sich so an, wenn man verliebt war? Mir gefiel das nicht.

Der Regen pladderte um mich her, in mein Gesicht, auf meine Kleider, und schnell war ich steif vor Kälte. Die Straßen und Wege wurden uneben, glitschig, und die Bäume beugten sich schwer über mich. Ich trat fester und schneller in die Pedale, hinter mir klapperte die Schrotflinte auf dem Gepäckträger heftig hin und her.

Das Haus, in dem Tom und Diana Sten wohnten, sah im Regen trübselig aus. Auf der Auffahrt stand der amerikanische Wagen, jetzt mit geschlossener Motorhaube und nicht mehr aufgebockt. Daneben stand noch ein Wagen, deshalb stieg ich in einiger Entfernung vom Fahrrad und stellte das Rad hinter einen der Bäume, wo man es nicht sah.

Jakobs Auto.

Ich sah zur Schrotflinte und überlegte, sie mitzunehmen.

Der Regen klatschte mir auf Wangen, Stirn und in die Augen und ich fuhr mir mit der Hand übers Gesicht, wischte ihn weg. Ich ließ das Gewehr auf dem Gepäckträger zurück und ging mit zögerlichen Schritten auf den Eingang zu, der im Dunkeln lag. Das warme Licht aus den Fenstern des Hauses gelangte nicht dorthin.

Die Tür war angelehnt und ich konnte durch das unaufhörliche Pladdern des Regens hindurch ganz schwach Stimmen vernehmen.

Ein Mann und eine Frau. Seine war aufgeregt und eifrig, ihre mechanisch leise und gefasst. Ich legte zwei Finger auf die Klinke der Eingangstür und schob sie so leise ich konnte auf.

Die Stimmen wuchsen, waren nah. Sie mussten in einem Zimmer sein, das direkt von der Diele abging. Ich hielt den Atem an.

»Wenn du nur was gesagt hättest«, sagte der Mann, und erst jetzt begriff ich, wer es war.

Mein Onkel.

»Du weißt, dass ich …«, fuhr Dan fort. »Ich hätte dir helfen können. Das hätte nicht so lange gehen müssen.«

»Und wie?«, fragte Diana. »Was hättest du tun können?«

»Bezahlen.«

»Dann hätte ich stattdessen in deiner Schuld gestanden.«

»Schuld? Du würdest in *meiner* Schuld stehen? Das hier, zwischen uns, hat nichts mit Geschäften zu tun.«

»Ich weiß. Aber es fühlt sich trotzdem so an.« Jetzt war es, als würde ein Zittern durch Dianas Stimme gehen. »Es fühlt sich jetzt schon so an, als hätte ich Frank im Stich gelassen.«

»Frank? Er war es doch, der abgehauen ist, und das ist jetzt ein paar Jahre her. Du hast was Besseres verdient als das hier.« Dan seufzte. »Wenn du nur was gesagt hättest, ich …«

»Was glaubst du denn? Ich habe es doch versucht. Ich

habe gesagt, dass es schwer ist, alles am Laufen zu halten, seit ich aufgehört habe, zu arbeiten. Und ich habe gesagt, dass wir mehr und mehr Sachen verkaufen müssen. Ich habe sogar unsere Ringe an dich verkauft, verdammt noch mal.«

»Dass du dich an ihn gewandt hast …«

In Dans Stimme schwang ein Vorwurf mit, aber vielleicht war es auch nur Enttäuschung. Manchmal ist der Unterschied sehr klein, und diesmal wurden die Nuancen von etwas überdeckt, was ich noch nie gehört hatte: Die Stimme meines Onkels klang warm, fast zärtlich, als er mit ihr sprach.

»Nicht ich habe mich an ihn gewandt, das habe ich doch gesagt«, erklärte Diana. »Hellman war es, der zu mir kam. Ich wusste nicht, was ich tun sollte, wir waren drauf und dran, das Haus zu verlieren.«

Da auf der Türschwelle stehend, begriff ich, was es bedeutete.

Das D in Hellmans Einträgen stand nicht für Dan, sondern für Diana. Hellman hatte ihr Geld geliehen.

»Du bist lieber zu ihm als zu mir gegangen«, sagte Dan. »Obwohl du und ich …«

»Bist du deshalb hergekommen?«, unterbrach sie ihn. »Weil du dich ungerecht behandelt fühlst?«

»Ich bin hergekommen, um mit dir zu reden. Vorher haben wir uns ja nicht treffen können, verdammt.«

»Ich habe dich angerufen. Mehrmals.«

»Ich habe mich nicht getraut, ranzugehen. Es passieren alle möglichen Sachen, Diana, die Polizei …« Er ließ den

Satz unbeendet, seufzte nur und sagte: »Sogar Vega fängt an, Fragen zu stellen.«

»Ehrlich?«

»Sie ist gestern zu mir raufgekommen und hat nach Hellman gefragt. Hauptsächlich macht sie sich um ihren Bruder Sorgen, aber ich weiß, dass sie sich auch mehrmals mit Tom getroffen hat.«

»Tom muss aus der Sache rausgehalten werden«, sagte Diana.

»Aber wenn sie es erfährt«, fuhr Dan fort, »dann wird auch Jakob es erfahren. Und wenn Jakob es weiß, dann geht es schief, er hält das nicht aus.«

Hinter meinem Rücken knackte es, und im nächsten Augenblick fühlte es sich an, als würde mir ein Pferd gegen den Kopf treten.

Als meine Beine nachgaben, knallte ich nach hinten, auf den Rücken und auf die kalte Eingangstreppe. Die Luft fuhr aus meinen Lungen, der Regen fiel auf meine Wangen und über mir sah ich kurz Toms Gesicht. Er sieht erstaunt aus, dachte ich, und mit diesem Gedanken versank ich.

Das Erste war keine Dämmerung aus der Schwärze, kein Licht, das aufflimmerte. Stattdessen explodierte es über meinem rechten Ohr, eine lautlose Detonation, aber der Schmerz war so intensiv, dass mir Tränen in die Augen schossen.

Ich lag nicht mehr auf dem harten Boden, sondern auf etwas Weicherem, Wärmerem.

Meine Finger berührten Stoff, steif und mit einem Muster. Als ich blinzelte, brannte es in den Schläfen, und ich versuchte, die Augen zusammenzukneifen.

Ich befand mich auf einem Sofa. Die Übelkeit traf mich wie ein Schlag in den Magen, ich hievte mich über die Sofakante und kotzte auf einen grauen Fransenteppich. Die Nerven in meinem Kopf schlugen vor Anstrengung aus.

Jemand kam ins Zimmer. Verschwommen konnte ich ein Paar Beine erkennen, und Dan sank neben mir in die Hocke, bemüht, der Kotze auszuweichen. Er hatte einen zerknitterten Ball aus Küchenpapier in der Hand, den er auf den Teppich drückte.

Allmählich wurde ich wach, und die Erinnerungen kehrten zurück: die Fahrradfahrt durch den Abendregen, das Gespräch zwischen meinem Onkel und Diana. Dass sie

Schulden bei Hellman gehabt hatte. Wie ich dagestanden und ihre Stimmen gehört hatte. Toms Gesicht, das irgendwo über mir schwebte, kurz bevor alles schwarz wurde ...

»Er hat mich geschlagen«, sagte ich und versuchte aufzustehen, aber alles drehte sich in einem reißenden Schmerz, und ich wurde von Dan brüsk wieder heruntergedrückt.

»Lieg still. Er sagt, er hätte nicht gesehen, dass du das warst.«

»Er hätte mich fast umgebracht.«

In meiner Wut unternahm ich einen neuen Versuch, mich vom Sofa zu erheben. Dan drückte mich erneut herunter, und diesmal hielt er seine Hand, knochig, hart und stark, auf meinem Brustkorb.

»Lieg still, hab ich gesagt. Er hat dich mit deiner eigenen Schrotflinte niedergeschlagen. Warum zum Teufel hattest du die dabei? Weshalb bist du denn hergekommen?«

»Ich ...« Es tat weh, zu sprechen. Der Klang meiner eigenen Stimme ließ die Schläfen pochen. »Ich wollte ihn treffen.«

»Warum?«

Ich wollte nicht antworten. Ich hatte ihn nur sehen wollen. Ihn wieder berühren wollen.

Ich starrte in die Augen meines Onkels, als könnte man etwas in ihnen lesen. Das konnte man nicht. Dan betrachtete mich, ohne zu blinzeln. Ich packte seine Hand und versuchte, sie von meiner Brust wegzubekommen. Ich riss und zog und er stöhnte vor Anstrengung. Einen kurzen Moment lang dachte ich, dass es mir gelingen würde, aber ich war immer noch so desorientiert und schwach, mir war immer noch so übel, dass ich es nicht schaffte.

»Ich weiß, dass Hellman Geld an Diana verliehen hat«, sagte ich keuchend.

»Woher weißt du das?«

»Ich habe sein Notizbuch gefunden.«

Dan zog die Augenbrauen hoch.

»Und wo?«

»Spielt das eine Rolle?«

»Wenn ich dich jetzt loslasse, kannst du dann liegen bleiben?«

»Wenn du erzählst«, zischte ich.

Bedächtig hob Dan seine Hand von meinem Brustkorb und setzte sich neben mir aufs Sofa. Er holte tief Luft, sagte aber nichts. Er schwieg nur. Allmählich beruhigten sich meine Atemzüge.

»Wenn ich es richtig verstanden habe«, begann Dan, »hat Hellman ihnen finanziell geholfen. Zumindest hat er Diana gegeben, was sie brauchte, um die Raten für das Haus abbezahlen zu können. Zu Beginn hat sie alles, so gut sie konnte, zurückgezahlt, aber die Kreditbedingungen hier oben sehen ein bisschen anders aus als unten in der Stadt. Offensichtlich hat er immer größere Summen von ihr verlangt. Wenn ich das gewusst hätte, dann hätte ich was dagegen tun können. Aber sie hat ja nichts gesagt.«

Er klang enttäuscht. Langsam arbeitete ich mich hoch, stützte mich auf den Ellenbogen und sah ihn an.

»Da läuft was zwischen dir und Diana.«

»Das tut nichts zur Sache. Das Problem ist, Vega ... Wir

sind bekannt dafür, Sachen zu tun, die nicht gut für uns sind. Sieh dir nur mich an. Was zum Teufel hatte ich eigentlich am Hafen zu suchen? Das, was mir passiert ist, war zwar ein Unfall, aber es hat mich getroffen. Keinen anderen. Ich kann nicht glauben, dass es ein Zufall war. Oder nimm Björn, deinen Vater. Natürlich hat er einen Schlaganfall gehabt, aber der hatte seine Ursache in einer Menge Mist, den er sich im Laufe der Jahre einverleibt hat. Alkohol, schlechtes Essen und all das. Er war fahrlässig, genau wie ich. Genau wie du. Ich weiß das, Diana auch, sogar Tom weiß es. Deshalb liegst du jetzt hier.«

»Soll das heißen, dass es meine Schuld ist?«

»Das habe ich nicht gesagt. Aber dass du hierhergekommen bist, dass du gelauscht hast, dass keiner je weiß, was du als Nächstes tun wirst – das führt dazu, dass man dich unberechenbar findet. Tom hat nur versucht, sich selbst und Diana zu schützen. Du musst verstehen, dass die Leute Angst kriegen.« Er sah mich an. »Kann ich dein Handy kriegen?«

»Mein Handy?«

»Ja.«

»Warum denn?«

»Was glaubst du denn?«, fragte Dan. »Ich muss jemanden anrufen.«

»Wen?«

»Vega, gib mir das Handy.«

»Wen willst du anrufen?«, beharrte ich.

»Deinen Bruder. Es geht um sein Auto.«

Ich holte das Telefon aus der Tasche und gab es ihm. Er

wählte Jakobs Nummer und hielt sich das Telefon ans Ohr. Draußen in der Küche hörte ich leise murmelnd die Stimmen von Tom und Diana. Der Geruch von Kaffee breitete sich im Haus aus.

»Hallo, ich bin's«, sagte Dan. »Wir müssen uns sehen. Wo bist du? Okay. Ja, ich bin jetzt hier. Vega auch. Es sind …« Er räusperte sich. »Es sind Sachen passiert. Okay. Gut. Es geht ums Auto, aber das hast du dir vielleicht schon ge… Okay.« Mit diesen Worten war das Gespräch wohl beendet, denn Dan sagte nichts mehr und saß ein paar Minuten schweigend da, ehe er mir das Handy zurückgab.

»Wir treffen uns in einer Stunde unten am Nattflysjön.«

Erst jetzt sah ich meine Schrotflinte. Sie stand auf der anderen Seite des Zimmers an die Wand gelehnt und schien, während ich ohnmächtig gewesen war, sauber gemacht worden zu sein. Neben der Flinte lag meine Tasche.

Tom und ich hatten Sex gehabt, und er hatte gesagt, dass er mich mochte, ich hatte dasselbe erwidert, und weniger als vierundzwanzig Stunden später schlug er mich bewusstlos. Und noch dazu mit meiner eigenen Flinte. Das war erniedrigend.

Ich setzte mich langsam auf.

»Mach jetzt keine Dummheiten«, sagte Dan.

Ich versuchte, vom Sofa aufzustehen. Der Schwindel überraschte mich und ich torkelte. Auf dem Teppich, das sah ich jetzt, verlief eine kleine Spur Blutstropfen in die Diele. Es dauerte ein wenig, ehe ich begriff, dass es mein eigenes Blut war, dass ich hier hereingetragen worden war.

Hatte Dan mich getragen? Oder Diana? Hatte Tom das etwa getan?

Der Boden gab unter meinen Füßen nach, als würde ich über ein Trampolin laufen. Ich wollte wieder kotzen, unterdrückte den Reflex aber, denn die Anstrengung hätte meinen Kopf in Stücke gesprengt.

Ich versuchte, meinen Blick auf die Schrotflinte zu fixieren, die an die Wand gelehnt stand, und stolperte an ihr vorbei in die Küche. Dort saßen sie, Tom und Diana Sten, der Junge, in den verliebt zu sein ich mir eingebildet hatte, und seine Mutter. Um seine Augen war es rot, das kräftige, dichte Haar war verwuschelt. Eine große, grobe Schwellung wuchs auf seiner einen Wange, und ich fragte mich, woher er die wohl hatte.

»Vega«, begann er und erhob sich vom Stuhl. »Ich wusste nicht, dass du es warst, wenn ich das …«

Weiter kam er nicht. Ich stürzte mich auf ihn.

Es stimmt doch vielleicht, dass keiner einen so schlimm verletzen kann wie jemand, in den man verliebt ist. Mir war schon klar, dass es nicht nur wegen dem Schlag war, den er mir versetzt hatte. Alles, was in der letzten Woche passiert war, hatte etwas in mir aufgestaut, einen See, der sich langsam gefüllt hatte, bis er nicht mehr alles fassen konnte und der Damm brechen musste.

Ich konnte etwas Seltsames in seinem Gesicht erkennen, vielleicht Angst, und er stolperte rückwärts, fiel schwer zu Boden, und ich fiel auf ihn. Tom war stärker als ich, hatte sich aber noch nicht sammeln können, also hielt ich ihn fest, mit der einen Hand um den Hals und mit meinem Daumen direkt unter seinem Adamsapfel, erhob meine freie Hand und schlug ihn mit aller Kraft, die mir zur Verfügung stand, ins Gesicht.

Im Augenwinkel sah ich, wie Diana aufstand. Ich hörte nicht so genau hin, aber ich glaube, sie schrie, dass ich aufhören solle.

»Du wusstest, dass ich es war«, keuchte ich und starrte auf Tom herab. »Lüg nicht.«

»Ich lüge nicht«, stöhnte er. »Ich schwöre. Ich habe nichts gesehen, ich konnte nicht denken, ich hatte Panik, weil jemand …«

Wahrscheinlich sagte er die Wahrheit. Trotzdem unterbrach ich ihn, indem ich wieder zuschlug. Ich glaube, ich hörte etwas in Toms Mund knacken, vielleicht einen Zahn. Gleichzeitig packte eine unnatürlich starke Hand meinen Oberarm und zog mich weg von ihm.

Es war Dan, der mich mit der einen Hand, die ihm

geblieben war, festhielt, und hätte er gewollt, hätte er bestimmt die Knochen in meinem Arm zerdrücken können. Brüsk presste er mich wieder auf den Boden und stellte sich zwischen uns.

»Mach keine Dummheiten, hab ich gesagt.«

Ich ignorierte ihn und versuchte, wieder auf die Füße zu kommen, doch das gelang mir nicht. Stattdessen bog ich mich um sein Bein, um noch einmal an Tom heranzukommen, aber Dan rückte einfach weiter, und als ich nicht aufgab, seufzte er nur und stellte seinen rechten Fuß auf meinen Brustkorb und drückte mich herunter. Ich merkte, dass er vorsichtig war, trotzdem fühlte es sich an, als hätte sich ein großes Tier auf mich gesetzt.

Hinter ihm stöhnte Tom, und Diana zischte, dass ich doch krank im Kopf sei, und vielleicht war ich das.

Dann verstummte sie mitten im Satz und holte erschrocken und laut Atem.

»Was ist?«, fragte Dan.

»Die Polizei.« Diana starrte aus dem Küchenfenster auf die Auffahrt und in die Dunkelheit hinaus, die nun von zwei starken, weißen Scheinwerfern zerteilt wurde. »Sie sind hier.«

Es klingelte an der Tür.

Dan drehte sich zu Diana, die Tom ansah. Er lag immer noch auf dem Fußboden, hielt sich eine Hand vors Gesicht und sah ängstlich aus. Jetzt waren beide Wangen geschwollen.

Ich befreite mich aus Dans Griff und zog mich an der Arbeitsfläche der Küche langsam auf die Füße. In meinen Schläfen explodierte der Schmerz, und ich legte zum ersten Mal die Hand auf den Teil meines Kopfes, wo ich den Schlag hinbekommen hatte. Als ich die Handfläche betrachtete, war sie rot von Blut.

Das Läuten der Klingel verhallte in der Stille. Sekunden vergingen, dann klopfte es laut an der Tür.

»Jetzt mal alle schön ruhig und nett«, sagte Dan und sah Diana an. »Geh und mach auf.«

Sie nickte verkniffen, erhob sich und ging langsam in die Diele.

Tom rappelte sich vom Fußboden auf und setzte sich auf den Stuhl. Dan legte seine Hand auf meine Schulter, um mich aufzuhalten, aber ich stürzte mich nicht wieder auf Tom. Meine Wut war ohne Vorankündigung verschwunden, und ein neues Gefühl, das ich lange nicht empfunden hatte, trat ein. Plötzlich fühlte ich mich klein.

»Ja?«, hörte ich Dianas Stimme.

»Ich würde gern reinkommen.«

»Warum?«

»Ich möchte Ihnen ein paar Fragen stellen.«

»Mir und Tom?«

»Unter anderem.«

Die Stimme von Viktor Franzén war dünn und scharf. Als er das Haus betrat, sah er sich um und entdeckte mich, Dan und Tom. Diana begann aus irgendeinem Grund, noch mehr Kaffee für den Abend zu kochen. Ihre Hände zitterten so sehr, dass ich am liebsten ihre Handgelenke gepackt hätte.

Franzéns Kleider waren regennass. Sein Blick fiel auf Tom, die anschwellenden Rötungen in seinem Gesicht, dann auf mich, die Wunde an meinem Kopf und auf Dans Hand, die auf meiner Schulter ruhte. Wenn ihn irgendetwas davon erstaunte, zeigte er das jedenfalls nicht. Stattdessen ging er zur Küchentür, lehnte sich an den Türrahmen und wandte sich mir zu.

»Wo ist dein Bruder?«

Ich öffnete den Mund, konnte aber nichts sagen, denn Dan kam mir zuvor.

»Nicht hier.«

Franzén starrte ihn an.

»Dich habe ich nicht gefragt.« Man konnte erkennen, wie die Kiefermuskeln in Franzéns Gesicht sich anspannten und wie die schmalen Augenbrauen zusammengezogen wurden. »Sein Auto steht vorm Haus.«

»Ich habe es ausgeliehen«, sagte Dan.

»Warum?«

»Ich musste Vega abholen.«

»Das musstest du also.«

»Siehst du nicht, wie sie aussieht?«

»Doch.«

»Sie ist hingefallen und hat sich angeschlagen. Hast du nicht das Blut draußen auf der Treppe gesehen? Da draußen ist es ziemlich finster.«

Franzén antwortete nicht, sondern richtete sich nur auf und stellte sich breitbeinig auf die Türschwelle.

»Was willst du hier, Viktor?«, fragte Dan.

»Lars Hellman ist verschwunden. Das wisst ihr alle. Ein Abguss von den Reifenabdrücken auf seiner Auffahrt zeigt, dass der Wagen von Jakob Gillberg kürzlich dort gestanden hat. Das wisst ihr wahrscheinlich ebenso gut, auch wenn keiner von euch das zugeben würde. Aber im Zusammenhang mit unseren Nachforschungen auf der Auffahrt haben wir noch etwas anderes gefunden.« Er zog eine durchsichtige Tüte aus der Brusttasche und hielt sie zwischen Daumen und Zeigefinger. »Das hier.« In der Tüte lag eine benutzte Schrotpatrone. »Die ist kürzlich aus einer Schrotflinte abgefeuert worden.«

»Mein Neffe gibt sich nicht mit Schusswaffen ab«, erwiderte Dan. »Und ich auch nicht.«

Franzén lachte.

»Okay. Natürlich.« Er lächelte schwach und sah Diana an. »Aber in diesem Haus gibt es Schrotflinten, nicht wahr?«

»Wie kommen Sie darauf?«

»Ihr Mann hat mehrere Schusswaffen besessen. Ich kann

mir nicht vorstellen, dass er die alle mitgenommen hat. Und deshalb würde ich sie gern ausleihen, wir sammeln alle in der Umgebung ein und machen Probeschüsse damit, um sie mit dieser Kugel zu vergleichen.«

»Du lügst«, sagte Dan. »Das ist eine Schrotflinte, deren Kugeln können nicht auf diese Weise abgeglichen werden.«

Franzén gab einen trockenen Seufzer von sich.

»Doch, das geht«, erwiderte er.

Dan wandte sich an Diana.

»Ist wahrscheinlich am besten so«, sagte er, »dann kann das geklärt werden.« Er nickte Franzén zu. »Warte kurz, ich hole sie.«

»Aber ...«, begann Diana.

Dan schüttelte den Kopf, als er aus dem Zimmer ging.

»Wir werden sie schon zurückbekommen, mach dir keine Sorgen.«

»Was ist denn mit deinem Gesicht passiert?«, fragte Franzén, legte den Kopf schief und grinste Tom an. »Bist du auch auf der Treppe gestolpert?«

»Nein.«

»Du solltest da mal Eis drauflegen.«

»Werd ich machen.«

Tom starrte ihn an. Franzén starrte zurück. Unter mir schwankte der Boden und ich musste mich an der Arbeitsfläche festhalten. Franzén grinste weiter, ich hätte ihn gern ins Gesicht geschlagen.

Dan kehrte mit einer Schrotflinte in der Hand zurück. Mit meiner Schrotflinte. Er hielt sie Franzén hin.

»Viel Spaß damit«, sagte er.

Franzén sah sie an.

»Ist das hier Ihre?«, fragte er und sah Diana an.

»Ja.«

Franzén verzog den Mund.

»Wo ist Jakob Gillberg?«

»Keine Ahnung«, sagte Dan und lächelte. »Habe ich doch schon gesagt.«

»Du lügst.«

»Warum denkst du das?«

Draußen vor dem Fenster pladderte der Regen immer weiter, er schien jetzt sogar noch zuzunehmen, die Tropfen fielen schwerer und dichter.

»Zum Beispiel musst du wohl die Autoschlüssel von ihm bekommen haben.«

»Selbstverständlich.«

»Wann denn?«

»Vor einem Tag. Er braucht das Auto eine Weile nicht, hat er gesagt, und er hat gefragt, ob ich irgendwelche Erledigungen machen muss.«

»Aber es ist doch er, der Sachen für dich erledigt.«

»Manchmal«, sagte Dan. »Nicht immer.«

Franzén betrachtete die Schrotflinte, als würde er erwägen, sie abzustellen, dann packte er sie fester.

»Also«, begann er, »ich *weiß*, dass Lars Hellman tot ist. Ich bin ziemlich sicher, dass jemand ihn mit einer Schrotflinte erschossen hat, zudem aus nächster Nähe. Sonst stirbt man nämlich nicht von einer Ladung Schrot. Ich *weiß*, dass Jakob Gillberg an dem Abend dort war. Vielleicht war er es nicht, der die Waffe gehalten hat, aber er war zumindest da.

Ich weiß, dass er sein Auto geparkt hat, das kann man auf der Auffahrt sehen. Ich weiß sogar, dass er ziemlich abrupt angehalten hat und dass er nicht allein war. Die Schuhabdrücke um den Platz, an dem das Auto gestanden hat, zeigen, dass sich mindestens drei Personen vor dem Haus bewegt haben. Einige der Spuren sind tiefer als normal, was darauf hindeutet, dass die Person etwas Schweres getragen hat. Und«, fügte er hinzu und nickte zu Dianas nackten Füßen, »zumindest ein Paar Abdrücke ist klein genug, um wahrscheinlich einer Frau zu gehören.«

Er ging in die Diele hinaus, lächelnd, die Schrotflinte in den Händen. Das sah unangenehm aus.

Er öffnete die Eingangstür und ging hinaus, hielt aber inne.

»Vega«, sagte er.

»Ja?«

»Komm mal her.«

»Warum?«

»Komm einfach her.«

Dan nickte mir unmerklich zu. Mit wackeligen Schritten ging ich in die Diele und dann auf die Treppe. Franzén stand da draußen im Dunkeln und betrachtete den Blutfleck, der sich langsam mit dem Regen vermischte, der es unter das kleine Vordach schaffte.

»Bist du hier gefallen?«

»Ja. Auf der Treppe stand Wasser. Ich bin ausgerutscht.«

»Und du bist hier mit dem Kopf angeschlagen«, fuhr Franzén fort und setzte die Spitze seines Stiefels in die Nähe des Blutflecks. »Stimmt das?«

»Ja.«

»Hm.« Er lächelte, wie man es tut, wenn man einen Lügner ertappt. Er schob die Tür ein Stück zu. »Wenn man hinfällt und so schlimm am Boden aufschlägt, dann wird natürlich Blut spritzen«, sagte er und nickte zur Tür, »aber nicht so weit rauf.«

Der obere Teil der Eingangstür war voller Blutspritzer.

»Bis später, Vega«, sagte Viktor Franzén, und das war unschwer als Drohung zu erkennen.

Vielleicht kann man selbst mit dem schlimmsten aller Verbrechen davonkommen.

Als ich in die Küche zurückkehrte, hoffte ich, dass es so sein möge, doch ehe Franzén den Hof verließ, drehte er eine langsame Runde um das Auto meines Bruders, inspizierte die Reifen, den Innenraum und den Kofferraum. Dann wandte er sich dem Küchenfenster zu und blinzelte, so meinte ich zu sehen, mit einem schwachen Lächeln, bevor er zu seinem eigenen Wagen ging und durch den dichten Regen davonfuhr.

Vielleicht kommt man niemals wirklich davon. Man kriegt nicht immer seine Strafe im formellen Sinne, aber man wird nie wieder ganz frei von seiner Schuld.

In der Küche wirkten alle erschöpft, als hätten sie den Atem angehalten. Im Wohnzimmer lag meine Tasche neben dem Platz, an dem die Schrotflinte gestanden hatte. Ich vermisste sie. Alles hier drin wirkte weniger sicher ohne sie. Ich wollte eine Zigarette rauchen, fühlte mich aber nicht dazu imstande.

Der Kaffee blubberte. Diana stand mit vor der Brust verschränkten Armen da und sagte etwas zu Dan, der mit einem Glas Wasser in der Hand an der Küchenzeile lehnte.

Tom drückte eine Packung gefrorener Erbsen auf sein Gesicht. Dan nickte ihm auffordernd zu und sagte:

»Wir müssen das Auto fertig machen.«

»Wofür?«, fragte Tom.

»Was denkst du?«

»Ich kann ...«, begann Diana.

»Nein, du holst den Kanister aus dem Keller.« Er wandte sich mir zu. »Und du legst dich wieder aufs Sofa. Du hast eine Gehirnerschütterung.«

Diana schien zu überlegen, ob sie ein letztes Mal widersprechen sollte, doch dann nickte sie nur stumm und verließ die Küche. Ich hörte, wie die Kellertür geöffnet wurde.

»Warum hat Franzén das alles gesagt?«, fragte ich. »Von dem Auto und den Spuren ums Haus?«

»Um uns Angst zu machen«, erklärte Dan. »Das ist eine nicht besonders ungewöhnliche Taktik.«

Tom und er gingen raus auf den Hof zum Auto. Was sie danach gemacht haben, weiß ich nicht, denn der Schwindel überfiel mich plötzlich wieder, und ich stolperte zum Sofa zurück.

Es war schön, sich hinzulegen. Aus dem Augenwinkel sah ich, wie Diana mit einem großen Kanister in der Hand die Treppe raufkam. Sie stellte ihn an der Eingangstür ab. Plötzlich fühlte ich mich sehr müde. Obwohl ich wusste, dass es gefährlich sein kann, mit einer Gehirnerschütterung einzuschlafen, war es fast unmöglich, es nicht zu tun. Ich musste kämpfen, um nicht in dem schönen, sanften Meer zu versinken, das tief unter mir wartete.

Ich dachte an Lars Hellman, an sein schwarzes, kleines

Buch. An die Bluse, die ich unter seinem Bett gefunden hatte, die seit gestern in meiner Tasche lag und der ein Knopf fehlte. Ich dachte an Dianas ängstlichen Blick, an die Maske aus erkalteten Gefühlen, die ihr Gesicht bedeckte.

Und da begriff ich, wie alles zusammenhing.

Ich stand vom Sofa auf, ging zu meiner Tasche und schob die Hand hinein. Die Bluse fühlte sich weich und kühl an meinen Fingern an. Ich nahm sie in die linke Hand und ging in die Küche zurück, wo Diana am Tisch saß und aus dem Fenster starrte. Vor ihr lag die Tüte mit Erbsen, die ihr Sohn sich eben noch ans Gesicht gedrückt hatte.

Sie tat nichts, saß einfach nur da und versuchte, ihre Welt festzuhalten.

Diana sah auf die Bluse in meiner Hand, als hätte ich eine Sünde aus ihrer Vergangenheit ausgegraben. Eine neue Welle des Schwindels überfiel mich und ich sackte auf dem Stuhl ihr gegenüber zusammen.

Vor dem Fenster bewegten sich Tom und Dan langsam und scheinbar schweigend im Regen um das Auto. Dan öffnete den Kofferraum und Tom schleppte einen Hochdruckreiniger heran. Der sah schwer aus.

Vorsichtig legte ich die Bluse auf den Tisch.

»Die hier gehört dir, oder?« Als Diana nicht antwortete, fuhr ich fort: »Im Sommer hast du dir Geld von Hellman geliehen, um die Raten zahlen zu können. Du hast angefangen, ihm sein Geld zurückzuzahlen, aber er hat immer mehr und mehr Zinsen verlangt. Im Juni und im Juli hast du ihm jeweils fünfzehnhundert Kronen gezahlt. Im August zweitausend.«

Sie starrte auf die Bluse.

»Woher weißt du das?«

»Im September konntest du nicht bezahlen. Da ... hat er dich zu etwas anderem gezwungen. Oder? Er ... Er hat dich vergewaltigt.«

Sie machte den Mund auf, als wollte sie etwas sagen, doch es kam nichts heraus. Ihre Augen sahen genauso feucht aus, wie sich meine anfühlten.

»Nein«, versuchte sie schließlich, ohne dabei sonderlich überzeugend zu wirken. Sie starrte mit leerem Blick vor sich hin. »Nicht dieses Wort, das ertrage ich nicht.«

»Vergewaltigung?«

»Das ist so ein schlimmes Wort, ich ... Sag nichts zu Dan. Er glaubt, es sei nur um Geld gegangen. Aber ich hatte keine Wahl. Ich fühle mich so schmutzig. So verdammt schmutzig und eklig, ich schäme mich. Es gab nichts anderes, was ich ...« Sie hielt sich eine Hand vor den Mund und verzog das Gesicht schrecklich. »Ich hatte nichts anderes, was er haben wollte.« Die Worte sickerten zwischen ihren Fingern hindurch. »Gott, wie ich ihn gehasst habe. Ich hasse ihn immer noch, auch wenn er tot ist. Kannst du dir das vorstellen? Dass man einen toten Menschen hassen kann? Und ich hasse mich selbst dafür, dass ich sein Geld angenommen habe. Das hätte ich nie tun dürfen, ich hätte ...«

Sie schniefte und wischte sich mit der Hand unter der Nase und in den Augenwinkeln. Zum ersten Mal berührte Diana ihre Bluse, strich mit den Fingern über den Stoff.

»Als es das erste Mal passierte, im September«, sagte sie jetzt, als würde die Berührung die Erinnerungen zurückbringen, »das war, weil ich nicht zahlen konnte. Da dachte ich noch, dass es nur ein Mal passieren würde. Ich glaube, ich stand unter Schock, hatte noch nie … hatte so etwas noch nie erlebt. Ich hatte solche Schmerzen, es ging mir schlecht, ich musste mich übergeben und habe die Woche danach jeden Tag mehrmals geduscht. Ich habe mir eingebildet, dass es schon nicht so schlimm wäre, dass ich … Ich dachte nicht, dass es wieder passieren würde. Beim zweiten Mal, als ich da hinkam, diesen Donnerstag, hatte ich Geld dabei, nicht viel, aber ich hoffte, dass es genügen würde. Eigentlich kam ich einen Tag zu spät mit der Bezahlung, ich hatte gekämpft, um es dieses Mal zusammenzukriegen, um nicht noch einmal … Es reichte nicht. Er hat das Geld ignoriert. Hinterher habe ich meine Bluse vergessen. Als es vorbei war, hab ich meine Strickjacke an mich gerissen und bin rausgerannt, zum Fahrrad, und bin nach Hause. Erst als ich duschen wollte, habe ich gemerkt, dass ich die Bluse vergessen hatte.«

Sie schüttelte den Kopf und sammelte sich.

Mir war Blut über das Ohr meine Wange herabgelaufen. Das war jetzt geronnen und spannte auf der Haut.

250 D

Sie war einen Tag zu spät gekommen. Das war der Anfang vom Ende gewesen.

Draußen auf dem Hof hob Dan eine der Plastikmatten

aus Jakobs Auto auf den Boden und spülte sie mit dem Hochdruckreiniger ab. Das Wasser vermischte sich mit dem Regen.

»Dieses Haus«, fuhr sie fort. »Ich sehe es vor mir, wie ich mit dem Fahrrad die Auffahrt raufkomme. Es ist dunkel, kein Licht an, außer einer Lampe im Schlafzimmer, und ich begreife, dass das ein Signal ist, eine Nachricht. Ich hoffe, dass ich ihn werde überreden können ... Ich hoffe, dass es nicht so schlimm werden wird. Seitdem träume ich von seinem Haus. Jede Nacht. Verstehst du?«

Das verstand ich, mehr, als sie ahnte.

Wie ich da am Tisch saß, schämte ich mich, dass ich mich in gewisser Weise auf Hellmans Seite gestellt hatte. Die Welt war zu weit mehr imstande, als man es sich vorstellen konnte.

»Du bist zurückgefahren«, sagte ich, »und hast ihn erschossen.«

Diana ließ die Bluse los und sah mich an, als würde sie die Konsequenzen von dem, was zwischen uns geschehen war, jetzt erst erkennen.

»Ich bin gegen halb elf weg und habe Franks alte Schrotflinte mitgenommen. Ich habe nicht gezögert, ich handelte ... irgendwie mechanisch. Als würde mich jemand anderes, etwas Größeres, steuern. Er muss gesehen oder gehört haben, dass jemand kam, denn er ist auf den Hof raus, um nachzusehen. Ich habe es einfach getan, ohne nachzudenken. Es war ein seltsames Gefühl.

Danach habe ich sofort Dan angerufen. Als er hinkam – er kam mit dem Rad, deshalb dauerte es fast eine Stunde –, hat er gefragt, was zum Teufel passiert sei, und ich habe gelogen, habe gesagt, ich sei gekommen, um zu bezahlen, und Hellman hätte angefangen, mich zu bedrohen, und ich hätte mich verteidigen müssen.« Sie schniefte. »Und Dan hat deinen Bruder angerufen.« Sie sah wieder zum Fenster und senkte die Stimme. »Du darfst nichts von dem hier Dan erzählen. Er weiß nicht ... Er glaubt, es ginge nur um Geld.«

»Warum?«

»Er wird ... Ich weiß nicht, was er dann tun wird. Ich schäme mich so.«

»Aber es ist doch nicht deine Schuld.«

»Doch.«

»Nein«, beharrte ich.

Diana antwortete nicht. Sie sah aus, als würde sie jeden Moment ohnmächtig werden.

Sie war es, dachte ich. Sie ist es gewesen, die ich gesehen habe, die Gestalt, die das Fenster in Hellmans Haus verdunkelt hat.

»Wo ist die Waffe?«, fragte ich. »Die, mit der du ihn erschossen hast?«

»Im Keller. Ich habe sie hinterher sauber gemacht.«

»Ihr solltet sie loswerden.«

»Ich weiß.« Diana schob die Bluse zu mir rüber. »Nimm die. Ich will sie nie wiedersehen.«

Schweigend nahm ich die Bluse und stand auf, wollte etwas sagen, aber mir fiel nichts ein, was ich hätte sagen können. Dass dies hier der Hintergrund von allem war, dass es bei der Sache, in die mein Bruder und ich hineingezogen worden waren, um etwas derart Widerwärtiges ging, machte es mir unmöglich, Wut darüber zu empfinden, dass wir in solche Gefahr gebracht worden waren.

»Ich will nicht, dass Jakob wegen der Sache ins Gefängnis kommt«, flüsterte Diana. »Es tut mir so leid, dass ihr beiden da reingezogen worden seid.«

Ich starrte sie an, und offenbar wirkte ich wütend, obwohl ich es nicht war. Alle sagen immer, dass ich zornig aussehe, wenn ich mich in Wirklichkeit intensiv auf etwas konzentriere. Es stört mich, dass die Leute denken, ich wäre die ganze Zeit wütend. Das bin ich nicht, ich denke einfach ziemlich viel nach.

Das tat ich jetzt auch. Ein Gedanke war vorbeigeflogen, und ich strengte mich an, ihn einzufangen.

»Vega?« Diana sah unsicher aus. »Was ist denn?«

Da wurde mir klar, was es war.

»Du lügst«, sagte ich.

Ich rechnete zurück. Ich rechnete einfach zurück und kam so zu dem Schluss, dass sie die Sache nicht so erzählte, wie es gewesen war.

»Du hast gesagt, du wärst schon um halb elf hier weggefahren«, sagte ich, während die Puzzlesteine in meinem Kopf sich zusammenfügten. »Das ist nicht wahr.«

»Doch, ich weiß, dass es halb elf war, weil ich, ehe ich weggefahren bin, auf die Wanduhr im Wohnzimmer geschaut habe.«

»Aber Jakob und ich sind bei euch vorbeigefahren.« Ich hielt mich am Kühlschrank fest, um das Gleichgewicht nicht zu verlieren. »An dem Abend. Dein Fahrrad stand an die Hauswand gelehnt. Ich habe dich hier drinnen sitzen sehen.«

Wir hatten Dans Kanister an die verschiedenen entlegenen Höfe in Varvet geliefert. Als wir am Armensumpf und ihrem Haus vorbeigefahren waren, hatten wir das Ende der Nachrichten im Radio gehört. Das bedeutete, dass es ein paar Minuten nach elf gewesen sein musste.

»Es dauert ungefähr zwanzig Minuten, um von hier aus nach Krakasa zu radeln. Und um elf Uhr warst du zu Hause, das weiß ich.«

Ich klammerte mich fester an den Kühlschrank.

»Dann erinnere ich mich wohl nicht richtig an die Uhrzeit«, sagte Diana, ohne zu blinzeln.

»Du hast aber doch gerade gesagt, du hättest auf die Uhr geschaut, als du weggefahren bist, und da wäre es halb elf gewesen.«

Sie rang ihre Hände.

»Ich war schließlich nicht ganz ... Du musst verstehen, ich wollte etwas Schlimmes tun. Und ich hatte gerade etwas Schreckliches erlebt.«

»Ich werde niemandem was sagen.«

»Es gibt auch nichts zu sagen. Ich habe es getan.«

Mein Bruder hatte mir erzählt, dass sich die Leiche bereits unnatürlich kalt angefühlt hatte. »Er muss schon eine Weile tot gewesen sein, als wir hinkamen«, hatte er gesagt.

Ich wusste nicht sonderlich viel über die Veränderungen bei einer Leiche, allerdings wusste ich ein wenig darüber, was passiert, wenn größere Tiere sterben. Das lernte man hier, ob man wollte oder nicht, und mir war zumindest klar, dass es länger dauerte, bis eine Leiche so kalt wurde, dass man es merkte. Bestimmt nicht allzu lange, wenn man an die kühle Luft dachte und dass er auf der feuchten Erde gelegen hatte, aber eine Stunde doch bestimmt.

Ich schüttelte den Kopf.

»Jemand ist um halb elf hier weggefahren, so wie du gesagt hast«, erwiderte ich. »Und hat Hellman kurz vor elf erschossen. Aber das warst du nicht.«

»Doch, ich war es«, gab Diana mit lauterer Stimme

zurück, die aber kaum trug. Man konnte hören, wie sie zitterte.

»Diana.« Ich ließ den Kühlschrank los und ging langsam wieder zum Stuhl, setzte mich ihr gegenüber. »Ich habe dich gesehen. Du hast da gesessen, wo ich jetzt sitze, um elf Uhr am Abend. Da war Hellman bereits tot.« Ich sah verstohlen aus dem Fenster, wo Tom und Dan mit dem Auto arbeiteten. »Ich verstehe, dass du ihn schützen willst.«

Dianas Hände begannen heftig zu zittern, ein Zittern, das sich bis zu den Schultern ausbreitete. Ich wollte mich ausstrecken und sie berühren, doch ich wagte es nicht.

Ein Moment kam mir wieder in den Sinn: Jakob und ich, wie wir nach dem Anruf von Dan nach Krakasa und zu Hellmans Haus fuhren, wie wir mit hoher Geschwindigkeit über die Straße sausten und wie ich – *da* – in einem Moment mir einbildete, ich würde jemanden durch den Wald rennen sehen.

Das war keine Einbildung gewesen.

Sondern Tom.

»Es war meine Schuld«, sagte sie. »Nicht seine. Ich bin an allem schuld. Als ich an dem Donnerstag nach Hause kam, hinterher, da muss Tom gemerkt haben, dass etwas passiert war, denn er ... Er hat nicht aufgehört zu fragen. Am Ende konnte ich nicht mehr. Ich habe nicht alles erzählt, habe es nicht direkt ausgesprochen oder wie man es nennen soll, aber er hat es trotzdem verstanden. Ich habe mich so schrecklich gefühlt. Ich bin hier zusammengebrochen«, sagte sie. »Genau hier haben wir gesessen. Ich bin früh schlafen gegangen, ich war so furchtbar erschöpft, bin aber nach nur etwa einer Stunde von einem Knallen aufgewacht und bin runter, um etwas Wasser zu trinken. Da wurde es mir klar. Das Knallen war die Tür gewesen, die Tom hinter sich zugeschlagen hatte. Als ich merkte, dass er weggegangen war ...« Tränen stiegen ihr in die Augen. »Ich wusste, wohin er gefahren war. Und weißt du, was das Kranke daran ist?«

»Nein.«

Sie verzog das Gesicht zu einer Grimasse und fuhr sich mit einer Hand, dann mit beiden durchs Haar.

»Ich habe mir eingebildet, ich wüsste nicht, was er machen würde, aber jetzt, hinterher, wird mir klar, dass ich es sehr wohl wusste. Und weißt du, warum? Ich habe gewartet. Ich bin ihm nicht hinterhergefahren, weil ich sichergehen wollte, dass er es auch tun würde. Sodass ich zu spät kommen und es nicht mehr verhindern könnte, denn ich wusste, wenn ich hinkäme, würde ich sicher nicht anders können, als ihn davon abzuhalten. Ich saß da und starrte auf die Uhr an meinem Handy. Nach einer halben Stunde hielt ich es nicht länger aus. Da fuhr ich los.« Diana blinzelte. Die Tränen zogen sich zurück und auf ihrem Gesicht lag nun ein harter und kalter Zug. »Kannst du ... Verstehst du das? Ich habe es ihn tun lassen. Meinen eigenen Sohn, ich habe ihn ...«

»Ich verstehe das«, sagte ich und merkte, dass meine Stimme nicht lauter als ein Flüstern war.

»Alles ist meine Schuld, weil ich ihn nicht aufgehalten habe. Ich hätte hinfahren und ihn aufhalten sollen.«

Ja, das hättest du, dachte ich. Aber ich verstand sie. Auf irgendeine Art verstand ich sie beide.

Tom hatte es für seine Mutter getan.

Diana nahm die Schuld für ihren Sohn auf sich, denn sie fühlte sich als die wirklich Schuldige.

Diana sah hinaus.

»Jetzt scheinen sie fertig zu sein.«

Vor dem Fenster standen Dan und Tom nebeneinander an einen der Kotflügel des Autos gelehnt. Sie schafften es, ihre Zigaretten glühend zu halten, hielten sie nach innen in der Hand, um sie vor dem Regen zu schützen. Ich wusste nicht, wie lange sie da schon standen, es sah aus, als würden sie miteinander reden.

Ich nahm meine Sachen und ging in die kalte Abendluft hinaus. Kälte und Nässe ließen meine Sinne klar werden, und als ich zu ihnen kam, sah ich etwas, das mich erstaunte.

Noch nie zuvor hatte ich meinen Onkel so leer gesehen, so völlig ohne Kraft. Es dauerte nur einen kurzen Moment, nicht länger, um zu verstehen, was passiert war.

Tom hatte ihm die Wahrheit erzählt. Seltsamerweise erleichterte mich das.

»Ich muss mit Diana reden, bevor wir fahren«, sagte Dan tonlos, fast mechanisch. »Setz dich ins Auto.«

Der Kaffee in der Küche roch allmählich angebrannt, man merkte es bis hier draußen.

Ich setzte mich nicht ins Auto. Mit der Bluse in der Hand und dem Notizbuch in der Tasche ließ ich mich stattdessen auf die Treppe sinken, neben den Fleck, wo ich vor einer Weile gestürzt war. Ein paar Blutspritzer waren noch da, wollten sich nicht vom Regen wegspülen lassen. Tom sah mich zögernd an, dann setzte er sich neben mich.

»Du weißt es«, sagte er, »oder?«

»Ja.«

»Woher?«

Ich dachte nach.

»Zufall«, antwortete ich schließlich.

»Mein Gott, was habe ich getan, ich habe ... Weißt du, wo er ist? Wo Jakob mit der Leiche hingefahren ist?«

»Ja. Wieso, willst du es wissen?«

Er schüttelte bedächtig den Kopf

»Wer hat dich geschlagen?«, fragte ich und sah die Schwellung in seinem schönen Gesicht an. »Außer mir, meine ich.«

»Dan. Weil ich ... Aber ich wusste nicht, dass du es warst, die da draußen stand, ich verspreche es; wenn ich es gewusst hätte, dann hätte ich das nicht getan, aber ich ... Ich hab Panik gekriegt.«

Ich sah ihm an, dass er es kaum noch aushielt. Vielleicht war es bald so weit, höchste Zeit, zusammenzubrechen.

»Was passiert jetzt?«, fragte Tom.

»Ich weiß nicht.«

Ich saß neben Dan in Jakobs Auto. Zwischen meinen Beinen hatte ich den Kanister, einen von der alten Sorte, die aussahen, als hätten sie einmal dem Militär gehört. Im Fahrerraum stank es nach Putzmittel. Dan hielt das Lenkrad mit seinem linken Oberschenkel fest und benutzte die rechte Hand, um vom dritten in den vierten, vom vierten in den fünften Gang zu schalten, und während wir durch den Abend Richtung Nattflysjön fuhren, prasselte der Regen hart gegen die Frontscheibe. Die Scheibenwischer bewegten sich gehetzt und eifrig vor uns, und ich konzentrierte mich darauf, um nicht über das greifbare Schweigen zwischen uns nachdenken zu müssen.

Er hatte nichts gesagt, seit wir Dianas Hof verlassen hatten. Ich auch nicht.

Mein Kopf tat weh, und ich dachte an Mama, die vermutlich unten im Werfthaus hinter der Bar stand. Sie wusste nichts von dem, was hier passiert war, obwohl unser Haus nicht weiter als ein paar Kilometer von Hellmans entfernt lag. Seltsam, wie klein die Welten der Menschen sein können.

»Übrigens bin ich zur Beerdigung gekommen«, sagte Dan plötzlich.

»Was?«

»Zu der von Björn.« Er zögerte. »Ich hatte ein Auto gemietet und alles. Natürlich kam ich zu spät, wie immer. Ihr saßt ganz vorne und habt auf den Sarg gestarrt, in dem euer Papa lag, und das war ein unwirkliches Gefühl. Ich war schon vorher auf Beerdigungen gewesen, und wenn ein Mensch stirbt, ist es nie einfach, Abschied zu nehmen. Aber dieses Mal ...« Er biss sich auf die Unterlippe, ließ das Lenkrad frei und bremste, dann schaltete er herunter, um eine der engen Kurven auf der Straße zu bewältigen. »Ich konnte nicht aufhören, an meinen Arm zu denken.«

»An deinen Arm?«

Er nickte.

»Ich hatte ein Jackett angezogen, und als ich mich im Spiegel betrachtete, ehe ich zur Kirche fuhr, fand ich, das sah so nutzlos aus, ein leerer Jackettärmel, der da hing und schlackerte und jeder Bewegung, die ich machte, folgte. Aber ich konnte den Ärmel ja nicht abschneiden und das Loch zunähen, dazu hatte ich keine Zeit mehr, und ich wusste auch nicht, wie man es anstellte. Aber so konnte ich trotzdem nicht zur Beerdigung gehen und wie irgendein einfältiger Behinderter von meinem Bruder Abschied nehmen. Am Ende bin ich doch losgefahren, aber an jeder Kreuzung wuchs mein Widerwillen. Ich fuhr so langsam, bis die Autos hinter mir zu hupen begannen, wenn sie mich überholten. Und als ich endlich ankam ... da konnte ich kaum aussteigen. Ich starrte auf meinen Jackettärmel, und ich bin nicht bescheuert, ich wusste wohl, dass es hier um etwas ganz anderes als meine Kleidung ging. Aber in dem

Augenblick drückte es sich darin aus. Ich ging durch die Tür, stellte mich hinter die letzte Reihe und betrachtete alles. Euch, den Sarg, den Pfarrer, die Kränze. Und dann ging ich wieder.«

Der Regen rauschte die Windschutzscheibe hinunter. Ich fragte mich, warum Dan ausgerechnet diesen Augenblick wählte, um über Papa zu reden. Oder war es leichter, sich an einen alten Schmerz zu erinnern, wenn man gerade einen neuen durchlebte, der gewaltsam und weiß und unmöglich auszuhalten war?

»Er hat mein Leben gerettet.«

Ich wollte das nicht sagen, hatte nicht vorgehabt, es jemals irgendjemand anderem zu erzählen, weil es keine Bedeutung hatte, aber jetzt war es, als würde etwas in mir aufgehen, eine Sperre oder ein Damm, der brach.

»Hellman?«, fragte Dan.

»Ja.«

Ich erzählte, wie ich in der Nähe des alten Sumpfes gewesen und fast hineingefallen war. Die Hand, die mich gepackt und hochgezogen hatte. Es war eine kurze Geschichte, es gab nicht viel mehr als das zu sagen.

»Manchmal machen schlimme Menschen Sachen, für die man dankbar sein muss«, sagte Dan. »Das ändert nichts daran, dass sie schlimm sind. Aber ich wünschte, er würde noch leben.«

»Warum wünschst du das?«

Dan bremste ab. Die Abzweigung zum Nattflysjön kam.

»Dann könnte ich ihn selbst umbringen.«

Dann *könnte ich ihn selbst umbringen.* Ich musste an das denken, was mein Onkel eben gesagt hatte, und an das, was Tom getan hatte. Ich verstand es, aber dann auch wieder nicht, glaube ich.

Was Hellman Diana angetan hatte, war widerlich, aber warum sollte Dan für sie Rache üben dürfen? Weder er noch Tom hatten Diana gefragt, was *sie* eigentlich wollte. Es war, als würden Männer das Recht besitzen, einem sogar die Rache wegzunehmen.

Das machte mich wütend und verwirrt, während ich neben meinem Onkel im Auto saß.

Ein schwaches, graues Licht sickerte vom Himmel durch die Bäume und ließ den Nattflysjön kalt glänzen. Am Ufer stand mein Bruder mit den Händen in den Taschen und sah zu etwas auf der anderen Seite des Sees, als würde er sich in einem Traum befinden, auf dem Weg fort. Er hörte uns und wandte den Kopf. Wir fuhren an ihm vorbei und schlugen dann weit ein, nach oben zum Waldrand, und stellten das Auto, so nahe es ging, an die Bäume. Dan schaltete den Motor ab, und wir stiegen aus, ich mit dem Kanister in der Hand. Er war schwer.

Auf dem Weg zurück zu Jakob schleifte Dan seine

Schuhe durch den lehmigen Schotter, um die Reifenabdrücke so gut es ging zu verwischen.

»Ich will das hier nicht machen«, sagte mein Bruder.

»Wir müssen es tun«, erwiderte Dan und nahm mir den Kanister ab.

»Das wird seltsam aussehen.«

»Nicht so seltsam, wie wenn sie dein Auto untersuchen und im Kofferraum Blutspuren finden.«

»Ich habe es sauber gemacht.«

»Und wir haben es gerade eben noch einmal sauber gemacht. Das genügt nicht.«

Dan schraubte den Deckel des Kanisters ab und hob ihn hoch, ging zum Auto zurück und begann dann, Motorhaube und Windschutzscheibe mit Benzin zu übergießen. Es roch stark und beißend, der Geruch arbeitete sich schnell bis zu uns vor. Ich hatte Benzingeruch schon immer gemocht.

Ich machte einen Schritt auf das Wasser zu und kam aus dem Tritt, rutschte und torkelte, musste mich an Jakobs Schulter festhalten, um nicht hinzufallen. Erst jetzt sah er mich an.

»Oh Gott, was ist denn passiert?«

Ich wusste nicht, wo ich anfangen sollte, also habe ich irgendwo in der Mitte begonnen. Während ich erzählte, gingen wir an den Reifenabdrücken weiter bis zur Straße zurück und versuchten, auch diese so gut es ging zu verwischen, aber sie waren im Dunkeln schwer zu erkennen.

Als ich fertig war, waren wir zurück beim See. Dan hatte die Heckklappe von Jakobs Auto aufgemacht und schüttete noch mehr Benzin aus dem Kanister ins Auto. Jakob sah nur mich an und sagte:

»Du musst ins Krankenhaus.«

»Da werden sie Fragen stellen.«

»Aber ...«

»Es geht mir gut. Ich habe nur ein bisschen Kopfschmerzen und manchmal wird mir schwindelig.«

Jakob drehte sich um, zum Auto und zu Onkel Dan, der sich eilig und zornig im Regen mit dem Kanister in der Hand um den Wagen bewegte, als würde es hier um etwas anderes gehen als die Vernichtung von Beweisen.

Als würde es hier nur darum gehen, etwas zu zerstören.

»Wie geht es ihm?«, fragte Jakob.

»Wie es *ihm* geht?«

»Ja, wieso?«

»Ich dachte, du würdest fragen, wie es Diana geht.«

»Ach so.«

»Sie ist mehrmals vergewaltigt worden.«

Es war seltsam, aber ich konnte fast Dianas Widerstand in mir spüren, wie sinnlos der eigene Willen war und wie viel auf dem Spiel stand: das Geld und ihr Haus, ihr Leben und das von Tom, ihre Geschichte. Ihre Zukunft? Ja, vermutlich.

Hinter uns nahm Dan eine Streichholzschachtel heraus. Ich musste an das denken, was er gesagt hatte, dass unsere Familie eine Geschichte damit hatte, immer das zu tun, was nicht gut für uns war, das, was uns schadete.

Vielleicht kann man dem nicht entkommen, sondern nur lernen, damit zu leben.

Jakob schüttelte bedächtig den Kopf, ich wusste nicht, weswegen.

Die Heckklappe seines Autos stand wie ein aufgerissenes Maul offen vor meinem Onkel.

Ich musste an alles denken, was ich mit dem Auto meines Bruders verband: das Geräusch von Kies, der unter den Reifen knirschte, wenn wir wegfuhren, das starke Grün des Lacks, das mich an teure Kleider denken ließ, wie schöne Frauen sie in Filmen trugen. Das Gefühl von Sommer und wie man die Scheibe herunterkurbelte, eine Zigarette in der Hand und gute Musik, die aus der Stereoanlage kam, wie es sich anfühlte, irgendwohin unterwegs zu sein. Freiheit. Als ob es etwas hinter all dem hier geben würde, etwas, was ich vielleicht niemals erleben würde, das aber trotzdem dort auf mich wartete, wenn ich mich irgendwann auf den Weg machte, um es zu suchen.

Alles das bedeutete das Auto meines Bruders für mich, aber wie sehr ich es mir auch jetzt in den letzten Lebensminuten des Autos in Erinnerung zu rufen versuchte, es gelang mir nicht. Wie alles andere war das Auto mit Blut und Ruß und Verachtung besudelt und mit der Erkenntnis, dass Männer mich immer erschrecken und verletzen konnten, wenn sie nur wollten. Dass man sich bei ihnen niemals ganz und gar sicher fühlen konnte. Die Leute waren bereit, sich alles gegenseitig wegzunehmen.

Mein Onkel warf das Zündholz in das Maul.

Wie eine Fackel ging das Auto in Flammen auf.

In der Nacht bekam ich eine Nachricht von Tom.

Hasst du mich jetzt?, schrieb er.

Nein, antwortete ich, erstaunt darüber, dass es die Wahrheit war. Dann fügte ich hinzu: *Wie geht es euch?*

Die Antwort ließ auf sich warten, als wüsste Tom selbst nicht richtig, was er sagen sollte. Nach einer Weile brummte mein Telefon auf dem Nachttisch:

Wir kommen schon klar.

Ich betrachtete die Wörter lange und versuchte, sie zu dechiffrieren. Als mir das nicht gelingen wollte, antwortete ich nur:

Melde dich, wenn du was machen willst.

Ich legte das Handy beiseite. Ich bezweifelte, dass er noch mehr mit mir zu tun haben wollte, und ich war selbst nicht sicher, ob ich ihn noch einmal treffen wollte. Obwohl ich das so geschrieben hatte.

Ich war unsicher, ob er wirklich nicht gesehen hatte, dass ich es war, die an seiner Tür gestanden hatte. Wenn man unbedingt wissen muss, ob jemand die Wahrheit sagt oder nicht, ist sie meistens am schwersten rauszukriegen.

Aber vielleicht war es ganz egal?

Ich wusste es nicht.

Ich lag in meinem Zimmer auf dem Bett, und durch die Tür drangen Stimmen: mein Bruder und Dan. Sie saßen jeder auf einem Stuhl in der Küche und unterhielten sich mit Mama. Sie war nach Hause gekommen, nachdem Dan sie angerufen hatte. Ich weiß nicht, wie viel sie erzählt hatten, aber doch genug, dass sie aufstand, den Küchenschrank öffnete und die Whiskeyflasche rausholte. Ich konnte das Klirren von Glas hören.

Ich horchte auf meinen Namen, hörte ihn aber nicht. Vielleicht hatte ich ihn überhört oder Jakob und Dan hielten mich aus der Sache raus. Mir war es egal. Mama hatte Angst bekommen, als sie mich gesehen hatte, so blutig und in schlechtem Zustand. Jakob sagte, ich sei bei Tom und Diana Sten die Treppe runtergefallen und ich wäre da gewesen, um Tom zu treffen.

Das war eine Lüge, die nicht weit führen würde.

Lügen halten fast nie, wenn Mütter im Spiel sind.

Ich dachte an den Sommer und an Mama und Malte, wie ich sie in der Küche gesehen hatte und wie da etwas in mir geweckt worden war, das sich jetzt weigerte, wieder einzuschlafen. Das war es, was mich zu Tom geführt hatte, deshalb hatte ich ihn in mein Leben gezerrt, und vielleicht war das am Ende doch das einzig Gute, was aus der ganzen Sache entstanden war.

Meine Schrotflinte würde ich hoffentlich zurückkriegen. Vielleicht würde die Polizei niemals weiterkommen und mit der Zeit würde Lars Hellman im großen Vergessen von Varvet versinken und dort bleiben.

Was hatte ihn zu so einem üblen Menschen gemacht?

Schwer zu sagen, womöglich gab es gar keine Antwort darauf. Im Sommer, als ich mit Jakob im Auto gesessen hatte und durch Varvet gefahren war, hatten wir einen Song im Radio gehört. Ein Mann sang mit trauriger Stimme und beschrieb die Übeltaten, die er begangen hatte. Als er schließlich von der Polizei gefasst wurde, sollte er sagen, warum er das alles getan hatte, doch die einzige Erklärung, die er ihnen geben konnte, war: *Well, Sir, I guess there is just a meanness in this world.*

War es so? Vielleicht musste ich meine Auffassung davon, was eine Antwort war, überdenken.

Meine Herbstferien waren bald vorbei und alles würde irgendwie wieder so wie immer werden.

Jakob und Dan gingen ein paar Stunden nach Mitternacht, und nachdem sie mich umarmt hatte, legte sich auch Mama ins Bett. Wir beschlossen, zu versuchen, ein paar Stunden zu schlafen, und diesmal dauerte es lange, bis ich hörte, dass sie tiefer atmete.

Ich selbst tauchte bis zur Morgendämmerung immer wieder in den Schlaf ein und wieder daraus auf. Schließlich stand ich aus dem Bett auf und ging durch das stille Haus.

Ich nahm einen Schluck Whiskey aus der fast leeren Flasche. Wie viel hatten die denn getrunken, sie und Jakob und Dan, als sie hier draußen gesessen und geredet hatten? So viel, wie man brauchte, um alles zu verkraften, dachte ich. Das sagte Mama immer: Die Leute trinken nie mehr, als sie brauchen, aber auch nur selten weniger. Deshalb sagt der Alkohol etwas über uns Menschen aus.

Ich ging aus dem Haus. Es regnete immer noch und ein

fieser Wind fegte über die Auffahrt. Das tote Gras auf dem Feld bückte und erhob sich in Wellen, aber am Horizont lag ein dünner, dünner Streifen des ersten Morgenlichts.

Früher einmal an einem Herbstmorgen, als ich Kind war, habe ich einen Raubvogel gesehen, vielleicht einen Adler, der oben in einer der Fichten bei unserem Haus saß. Er schien nicht sonderlich viel zu machen, bis er plötzlich seine Flügel ausbreitete, die viel größer und kräftiger waren, als ich gedacht hatte.

Dieses Bild tauchte nun wieder aus meiner Erinnerung auf, und ich fragte mich, warum wohl. Der Vogel war eins mit seiner Welt gewesen, so selbstverständlich. Vielleicht deshalb.

Ich hatte mich so lange einsam gefühlt, doch jetzt tat ich das seltsamerweise nicht mehr. Als ich auf der Auffahrt im Regen unter dem hohen Himmel stand, hatte ich das Gefühl, als würde sich das Feld im gleichen Takt mit meinem Atem bewegen, als würde der Lichtstreifen am Horizont nicht von der Erde kommen, sondern aus mir, und erst in diesem Augenblick wurde mir klar, dass in den letzten Tagen etwas Entscheidendes passiert war.

Ich trug denselben Namen, und ich sah gleich aus, doch in meinem Inneren fühlte ich mich fast wie jemand anderes. Das, was passiert war, hatte dazu geführt, dass etwas verloren gegangen war, aber ich hatte auch etwas erkannt. Wovor man nicht fliehen kann, damit muss man wohl leben lernen.

Ich heiße Vega Gillberg, und ich glaube, ich gehöre hierher.

Etwas über die Musik in Weißzeit:

Das einleitende Zitat auf Seite 7 stammt aus dem Song »The Night Has a Thousand Eyes« von Benjamin Weisman, Dorothy Wayne und Marilyn Garrett. Der Song wurde von Bobby Vee gesungen (1962).

Auf Seite 9 hört Vega »Magic« von und mit Bruce Springsteen (2007).

Der Song, der auf der Seite 72 im Hintergrund läuft, ist »Rave On« von Buddy Holly, geschrieben von Sonny West, Bill Tilghman und Norman Petty (1958).

Auf Seite 98 erinnert sich Vega daran, wie sie »Mykonos« von und mit Fleet Foxes gehört hat.

Und auf Seite 186 gibt Vega die Handlung in »Nebraska« von und mit Bruce Springsteen (1982) wieder.

Christoffer Carlsson wurde 1986 geboren und wuchs auf dem Land in der Umgebung von Halmstad auf. Heute wohnt er in Stockholm, wo er als Kriminologe und Schriftsteller arbeitet. Er hat bisher fünf Romane für Erwachsene geschrieben, drei davon über den Polizisten Leo Junker. Dies hier ist sein erstes Buch für Jugendliche.